# WOMEN RIGHTING

## AFRO-BRAZILIAN WOMEN'S SHORT FICTION

# MULHERES ESCRE-VENDO

## UMA ANTOLOGIA BILINGÜE DE ESCRITORAS AFRO-BRASILEIRAS CONTEMPORÂNEAS

# WOMEN RIGHTING

AFRO-BRAZILIAN WOMEN'S SHORT FICTION

# MULHERES ESCRE-VENDO

UMA ANTOLOGIA BILINGÜE DE ESCRITORAS
AFRO-BRASILEIRAS CONTEMPORÂNEAS

## Edited by
## Miriam Alves and Maria Helena Lima

MANGO PUBLISHING
2005

© The authors, editors and Mango Publishing 2005

First published 2005

Published by Mango Publishing, London UK
P.O. Box 13378, London SE27 OZN
email: info@mangoprint.com
website: www.mangoprint.com

ISBN 1 902294 22 X


British Library Cataloguing in Publication Data
A CIP catalogue record for this book is available from the British Library


Printed in the UK by Print Solutions Partnership

Cover by Jacob Ross
Cover painting 'Iansa-Oia' by Ronaldo Martins

# Dedications

Para Ayana Dandara, minha filha, pelos vários momentos furtados de sua infância.

For Ayana Dandara, my daughter, for the numerous moments stolen from her childhood.

Vera Lucia, minha irmã, pela crença, confiança e ajuda em realizar os meus sonhos literários.

To Vera Lucia, my sister, for her belief, trust, and help in the realization of my literary dreams.

Às amigas Carole Boyce Davies e Elzbieta Szoka, por terem favorecido, cada uma a seu tempo, que eu conhecesse outras culturas.

To my friends, Carole Boyce Davies and Elzbieta Szoka, for having enabled me, each in her own time, to know other cultures.

À Julia e ao Fabiano, na esperança de que meus netos entendam a nossa língua.

To Julia and Fabiano, in the hope that my grandchildren will understand our mother tongue.

# Contents

# Invisibilidade e Anonimato[1]

## Prefácio

## by Miriam Alves

O presente livro é a realização de um sonho pessoal que para se realizar dividiu-se em três fases. A primeira fase concluiu-se com o livro de poema *Enfim Nós*.[2] A segunda conclui-se agora com a publicação de *Mulheres Escre-vendo*, com a co-autoria da Professora Maria Helena Lima, que o destino fez que nos conhecêssemos em 1996, na International Conference of Caribbean Sholars at Florida International University. Após um diálogo emocionado e entusiasmado, fechamos com o propósito de realizarmos o presente livro, que reúne uma seleção de contos de escritoras Afro-brasileiras.

Constam deste livro menos escritoras que conheço e gostaria que estivessem. Porém escrever, por mais talento e dom que se tenha, ainda é uma árdua tarefa organizar o tempo entre as várias jornadas e papéis sociais que temos, e tornar o escrever um ato possível, mesmo sendo o publicar, as vezes, uma ação impossível.

No entanto este livro, *Mulheres Escre-vendo*, constitui-se em mais uma ação de abrir uma pequena , mas eficaz janela no paredão da invisibilidade que nos confina bem longe dos anseios literários. Ao abrir a janela e deixar a luz entrar. Nos raios desta luz cavalgar para fora, para todos os lugares, para o infinito, para o coração do Universo. Porque o coração do Universo não pára.

A terceira etapa do sonho, ainda é um sonho. E de um sonho não se fala alto, porque ao despertar ele pode faze-lo em lugar errado e esconder-se num longo sono como o da Bela Adormecida; eu não vou conseguir esperar um século para que ele desperte. Portanto eu o mimo com carinho e cuidado para a semente brotar em solo fértil assim como *Enfim Nós* e *Mulheres Escre-vendo*.

Além de elogios e contentamentos, o prefácio, é sempre uma boa oportunidade para tecer considerações várias, principalmente se tratando

# Invisibility and Anonymity[1]

## Preface

## by Miriam Alves

This volume is the fulfillment of a personal dream, which, to be complete, will require three phases. The first was completed with the publication of the poetry collection *Finally Us*.[2] The second phase is being completed now, with the publication of *Women Righting*, co-edited with Maria Helena Lima, whom fate conjured as my translator in 1996, at the Caribbean Conference in Miami. At the conclusion of the panel and after an emotional and enthusiastic dialogue, we parted with the goal of putting together a book of narratives by Afro-Brazilian women.

Our book has fewer writers than I would have liked, but it has been a labor of love. Despite talent and skill, writing is hard work in our lives, only one of a series of tasks required of us, to find the time and the place among all the roles we perform to make writing possible—and having our work published against that context becomes almost an impossible act.

The collections I've been able to publish, however, mean that another small window of sorts has been opened against the wall of invisibility that has kept Afro-Brazilian women writers away from our literary desires and aspirations. Once this window is open, the light that comes through expands into many places, towards a horizon at the heart of the Universe – since the heart of the universe does not stop beating.

The third stage of my dream is still a dream. And about a dream we can only whisper since there's no way of preventing how long it will take for me to wake up or where. I cannot wait another century to wake up like Sleeping Beauty. For this reason, I cherish and nurture my dream, for this seed to develop as fruitfully as *Finally Us* and *Women Righting*.

Besides acknowledgements and historical musings, a preface also offers an opportunity for some critical evaluation, particularly when the

da literatura negra. No Brasil, a cor da pele do indivíduo determina a sua condição social. Assumir-se é o desafio de reverter, sair do anonimato é valorizar-se. A cor da pele de alguém não caracteriza uma literatura, porém ignorar a cor da pele do indivíduo tem sido muito bem caracterizado pela literatura brasileira ao longo dos anos.

Assumir-se negro antes de tudo é um posicionamento político. A literatura negra, antes de mais nada, é a valorização das relações do anônimo brasileiro, tirando a mascara da invisibilidade onde a existência como massa amorfa , sem rosto, sentimentos, e interioridade confina-o numa diminuição de sua expressão . Só pode falar deste lugar quem esta nele, quem sabe de suas caras, cores, risos e choros. Trata-se de estabelecer-se.

Isto tudo se transforma num desafio, novo-velho incorporado literariamente pela cidadã-mulher-escritora, impondo-se na ação de *exercer-se*. Desvelar-se. Através da visão do mundo fêmeo-negro, constitui-se numa dupla jornada de trabalho, porque não é o bastante escrever, torna-se necessário *inscrever-se*, para que através do pensamento literário-feminino negro, seja construída a categoria de "cidadã" ainda negada; e de "cidadã negra," cidadania sempre ignorada.

A escrita feminina, assim como a escrita negra geral brasileira, despertou o interesse mais sistematicamente, a partir dos anos 80, e nos meados destes anos 80, o afã da análise saltou dos congressos e encontros acadêmicos para publicações em livros. As análise são feitas quase sempre por quem tem visão externa da questão, com exceção de alguns poucos que não adotam posturas defensivas, e alguns literatos-analisadores-negros;[3] os demais a tratam como substrato de uma outra literatura tida como mais formalizada ou formatizada, conceituando esta literatura como tênue reação emergente de uma intelectualidade negra. Assim sendo, a estética do pensamento negro passa a ser uma afronta ao sistema brasileiro de racismo e discriminação, sendo um dos sistemas mais eficazes do mundo no escravocrata que sublima-se através de seus agentes culturais, e usa de subterfúgios quando afrontado.

book is about Afro-Brazilian literature. In Brazil, an individual's skin color determines her social condition. To publish as an Afro-Brazilian means to leave anonymity and to value oneself. Someone's skin color does not characterize a literature, but to ignore the color of the writer's skin has been a constant in Brazilian Literature (and criticism) throughout all these years.

To claim one's blackness is mostly a political act. Black Literature— before anything else – valorizes the actions of the anonymous Brazilian, removing the mask of invisibility from her existence. Only one who occupies this position can speak about it because she knows its faces, colors, laughs, and cries. It's a question of claiming that space.

This becomes a challenge, a new-old incorporated through literature by a citizen-woman-writer who claims her right to be through writing. Her unveiling. Through a black woman's world view, a double shift is required because it is not enough to write – to inscribe herself becomes necessary. Through a black feminist literary tradition we arrive at the realization that the category "citizen" is still denied, and "black woman citizen," unfortunately always ignored.

Feminine writing, like Afro-Brazilian writing in general, has invited more systematic critical interest since the 1980s; the mid-eighties saw a proliferation of conferences and academic meetings to get books published. Analyses then were always made by outsiders, with the exception of a few who did not adopt a defensive critical posture and some black writers themselves critics.[3] All others treat this literature as subordinate to a more formalized literature, characterizing it merely as an emergent reaction by Afro-Brazilian intellectuals. This way, an Afro-Brazilian aesthetic becomes only a challenge to the systemic racism and discrimination in Brazilian society.

Uma poética feminina negra só se dá a partir da existência e vivência que nasce, se cria e recria a partir da voz enunciadora de seu agente, um "ser poético, todo pleno em negrura," já que para o outro este lugar não existe ou é uma mera referência fria. Portanto o ser assumindo-se em negrura na razão poética se opõe à invisibilidade, ao enclausuramento, propondo-se a desenclausurar-se para ser visto, ouvido e recebido. A dimensão mulher que se abre num leque de emoções abrangentes do ponto de vista da cidadã-mulher-negra-escritora detonando postulações literárias que se especializaram na prática de fragmentar para analisar. É a partir desta fragmentação que se dá a anulação parcial ou total da mensagem.

Isto evidência através de comentário de vários analistas[4] em retirar a categoria negra da categoria mulher, e vice versa, facetando, esfacelando eliminando o eu negro do conteúdo poético ou ficcional, negando a *negrura* enquanto dimensão, também feminina, recusando ver a noção universal do conteúdo poético ou ficcional e nem a ótica feminina se obra (em ultima análise a autora) continuar com a cor da pele negra, condição que será apagada para a inclusão numa noção de universalidade.

Isto posto, eqüivale a dizer, de forma mais direta, que para certos analisadores, abrir-se a uma ampla recepção, é necessário se fazer negar enquanto negra (o). A questão se dá na razão inversa as reflexões, ou seja, quanto menos assumirmos a máscara da invisibilidade que nós é imposta, a nossa recepção universal será facilitada, porque ninguém recebe a "poética' de um ser invisível; é necessário se ter: face, estória e pele.

E se esta mensagem tocar profundamente os sentimentos de alguém, e este alguém se identificar com todas as dimensões humanas do ser que lhe esta sendo transmitindo, principalmente do ser mulher, não se render a tentação de dizer que é *independente da cor da pele* surpreender-se sentindo as emoções da transmissão de uma *mulher-negra-escritora*, de uma *negra-escritora-mulher*, *escritora-negra-mulher* e abrir-se a esta recepção não enclausurando-se, em análise literária convenientemente neutralizadora.

A black feminist aesthetic only becomes possible in each of its agents, "herself a poetic being, filled with blackness." Any other attempt is a false alarm. This being who finds her poetic reason in her blackness, opposes invisibility and anonymity. She wants to be heard and received in full. No literary analysis based on fragmentation can be allowed since it is this splitting up that partially or completely prevents the message from coming through.

Evidence of this can be found in many critical works[4] which have removed the category *black* from the category *woman*, and vice-versa, eliminating the black subjectivity from the fictional or poetic content, denying blackness as a constitutive element by incorporating that into the notion of universality.

Some critics require that we deny our blackness in order to read our work. The opposite is necessary: the less we assume this mask of invisibility that has been imposed on us, the more our universal reception will be possible since it is necessary that we have a face, a history, and a skin for our work to become visible.

And if you are moved by the feelings or message in the stories collected here — if you identify, perhaps as a woman, with the humanity of the protagonist — do not fall into the temptation of saying that this happened *independently from the color of their skin*. You need to open yourself to the feelings of a black woman writer, whether woman, black or writer comes first in your mind.

No presente livro de contos, trata-se não só do relato dos fatos ocorridos com as personagens, mas também as emoções dimensionadas pela intensidade das experiências, que podem ser desde uma violência sexual contra criança seguida de assassinato do algoz como uma experiência intimista após uma noite de amor, a dúvida de um afro-brasileiro ao procurar emprego, dureza do cotidiano, o cotidiano do cotidiano. A vida dura que se abre em esperança, o desencontro e o reencontro do amor entre pessoas do mesmo sexo e as atitudes que as personagens assumem, exercendo seus papéis.Como também e principalmente o desencadear de ações-emoções junto ao leitor não como um mero receptor passivo, ou um observador neutro, como se o assunto não tivesse nada a ver com ele e sim como um experinciador de todo um universo de emoções afro-brasileiras através da leitura.

Enfim, aqui se estabelece um pequeno leque das possíveis situações de narrativas e formas de narrativas que a escrita ficcional fêmeo-negro alcança e abrindo-se em possibilidade infinitas poderá alcançar.

## Notas

1   Resumo revisado do texto 'Mulheres Negras Escritoras Brasileiras: A Magia da Forca Ancestral Escrevendo' ('Black Women Writes the Magic of Ancestral Strength Writing'), apresentado na International Conference of Caribbean Writers and Scholars at Florida International University in Miami, 1996.

2   Antologia bilingüe, português/inglês, com o titulo *Finally Us: Ccontemporary Black Brazilian Womem Writers*. Colorado: Three Continent Press,1995.

3   Um bom exemplo é a tese de mestrado da escritora Conceição Evaristo defendida na PUC-RJ, em 1994, analisando a produção literária negra.

4   Zila Bernd, *Poesia Negra Brasileira* (90).

This collection of stories brings not only the narrative of facts that happen to their characters but also their emotions which range from the sexual abuse of a child, followed by the execution of its perpetrator, to the recollection of a night of passion, the doubt an Afro-Brazilian man experiences when job-seeking – the difficulty of the everyday, the everyday of the everyday. The stories show hard lives that do not give up hope; the way same-sex lovers misunderstand each other and come together again – the attitudes characters assume performing their roles. Reading these stories is not a passive act – one cannot merely be a neutral observer as if what happens in the stories does not concern us. We are supposed to experience the whole universe of feelings of the Afro-Brazilian experience in their reading.

Here, then, we offer a little window into possible narrative situations and different types of Afro-Brazilian stories by women, with the realization that it may open infinite possibilities in the future.

Notes

1   Revised version of the presentation 'Black Women Write the Magic of Ancestral Strength Writing', at the International Conference of Caribbean Writers and Scholars at Florida International University in Miami, 1996.

2   A bilingual anthology, Portuguese/English, entitled *Finally Us: Contemporary Black Women Writers*. Colorado: Three Continents Press, 1995.

3   A good example is the masters thesis by Conceicao Evaristo, an Afro-Brazilian writer who analyzed Afro-Brazilian literary production (PUC-RJ, 1994).

4   Zila Bernd, *Black Brazilian Poetry-An Anthology* (90).

MULHERES ESCRE-VENDO

# Introduction

## Maria Helena Lima

*Women Righting* is the first bilingual anthology of contemporary Afro-Brazilian short stories, bringing together six women writers from different regions of Brazil. This volume makes accessible to a new and wider readership the cultural production of a lesser known branch of the African Diaspora — that of the Afro-Brazilian woman writer. Miriam Alves and I also aim to situate the literature by Afro-Brazilian women within the larger context of Caribbean and Third World Studies. *Women Righting* follows *Finally Us*, a bilingual anthology by Afro-Brazilian women poets (also edited by Miriam Alves with Carolyn R. Durham), and the special bilingual Afro-Brazilian issue of *Callaloo* (1995), which in the words of its editor, Charles H. Rowell, have 'given North Americans initial access to African Brazilian voices speaking for themselves, about themselves, and about their nation as a whole'.[1]

Although Afro-Brazilian writers consider the first issue of *Cadernos Negros* (*Black Notebooks*, 1978) an official starting point for their literature in that its introduction claimed a space *separate* from contemporary Brazilian literature, Afro-Brazilians have been writing long before that date. Many of our greatest literary figures, in fact, are black or mulatto: Cruz e Souza, Machado de Assis, Lima Barreto, Jorge de Lima, and Mário de Andrade to name only a few. Although Brazilian cultural life is deeply informed by the African presence, until very recently that presence has not been easily acknowledged or even embraced *as African*. As a result, Afro-Brazilian literature has not received the critical attention it merits. We can only wonder how many texts by Afro-Brazilians have been lost to this generation of writers and critics, since the critical establishment has failed to include their literary production in its paradigms, contexts, and histories. For 'when white critics talk about black literature', as Alves notes, 'they almost always do so by reducing it to content and theme. [...]

We [Afro-Brazilian writers] are a universe of words that should be analyzed starting with its own manifestations'.[2]

One of the great challenges for the scholars who study Afro-Brazilian culture, according to Leda Maria Martins, is not only 'suitably to describe its forms of expression and convention but, fundamentally, to find theoretical and conceptual formulations which adequately translate it, so that the singular and the different are not seen and held as synonymous of the exotic'.[3] Our volume addresses this problem of critical reduction and offers our selection of stories as its own remedy. Together these stories constitute a doorway into both the universality and specificity of contemporary Brazilian literature by women of the African Diaspora. We invite our readers to continue to explore such uncharted territory on their own since a lot of work remains to be done: both recovery and analysis.

For the urgency we hear in the words introducing that first volume of *Cadernos Negros* dated November 25, 1978, is still necessary today: 'Africa is freeing itself', the Collective wrote in the Preface, 'and we, Brazilians of African origin, what have we been doing?' Black political mobilization and literary production in the 1970s ended the fiction of Brazil's racial democracy. For 1978 also marked the creation of the Unified Black Movement against Racial Discrimination, later known only as MUN, *Movimento Negro Unificado* (Unified Negro Movement) and the Black Zumbi Community Festival, that brought together Afro-Brazilians who wanted to both preserve their cultural heritage and also organize themselves politically.[4] Inspired by all the movements for independence in Africa up to that moment, particularly Angola and Mozambique, the writers invoke negritude as their weapon to fight against social injustice at all levels: 'we are reborn by pulling the white masks, putting an end to imitation'.[5] *Cadernos Negros*, according to their manifesto, is 'the African Diaspora affirming that it has survived and it *will* survive'," despite its dramatic trajectory.[6]

Since 1978, as Carolyn R. Durham notes in the preface to *Cadernos Negros 20: Contos Afro-Brasileiros* (1998), the *Black Notebooks* have served to establish a black identity and consciousness also integral to Brazilian

reality. Thus it has been left to the Afro-Brazilian writers themselves to reclaim the voices of the people excluded from the literature produced by the Brazilian elite.[7] Black literature in Brazil has managed to grow and cultivate its readership through individual funding efforts, alternative presses, and groups such as Quilombhoje in São Paulo.[8] According to Alves, it is only someone who has never attended an opening for *Cadernos Negros*, who would dare say that it is a literature without a public or of restricted readership in Brazil. Alves also emphasizes in the introduction to the precursor volume, *Finally Us: Contemporary Black Brazilian Women Writers*, that while black writing is not a new thing in Brazil, 'writing black in such a discriminatory society has always been translated into a polemic of emotional urgency':

> Our writing exists: in our eagerness to reply to our historic situation as an enslaved population; in our indignation and denunciation of our marginalization and more-or-less official extermination for centuries; in a constant struggle to affirm our humanity in all its infinite forms.[9]

Why would such a struggle not be recognized? Why has the Brazilian critical and literary establishment so far signally failed to validate Afro-Brazilian experience and art? A brief review of the literary criticism published recently in Brazil unfortunately confirms the University's key role in the perpetuation of [white] sameness. As Zahidé Lupinacci Muzart points out, 'always the same authors are taught in the same contexts. Students never get to the contemporary period. They stop at the canonized figures of Guimarães Rosa and Clarice Lispector'.[10] What she fails to notice, however, is how even articles that take note of the absence of women writers in the Brazilian canon before 1940, continue to ignore the Afro-Brazilian woman writer.[11]

Even whole collections that attempt to break the silence about women writing in South America, such as Márcia Hoppe Navarro's *Rompendo o Silêncio: Gênero e Literatura na América Latina* (Editora da Universidade/ UFRGS), 1995), do not have anything to say about the tradition of Afro-

Brazilian women writing. One reference to the re-issue of Maria Firmina dos Reis's novel *Ursula* (1859), in a list of other texts edited by *MEC's Pró-Memória e Pró-Leitura* Project (the Ministry of Education and Culture For-Memory and For-Reading Project), fails to mention that *Ursula* is the first novel by a slave woman in the hemisphere, thus neglecting to establish a crucial female literary precursor.[12] That the progenitor of the Afro-Brazilian literary tradition was a woman means that all subsequent writers have evolved in a matrilineal line of descent.

A few articles that do attempt to recover the African element in Brazilian culture, such as Laura Cavalcante Padilha's 'Old Words and Ages: Voices of Africa', focus primarily on poetry by male authors, and still leave out both the prose and the poetry by Afro-Brazilian women writers. Our claim is that through narrative, Afro-Brazilian women, as Padilha writes, have also been able to 'return to [their African] origins, to the pain, to the ancestors, to the singing, to the chains, to the old word, to the old ages'.[13] All the short-stories in this anthology have as their starting point the lives of black Brazilians: their day-to-day realities transformed through the prism of fiction in the hope to create a different future. These stories demonstrate the extent to which the universality of Afro-Brazilian cultural values does not depend on abstracting them out of their specific context. For these writers, the literary text is also an instrument of political and social change — to explain our title for this anthology.

Although it would be inaccurate to speak of all the stories collected here as 'race-stories', it does seem that each reveals aspects of contemporary Brazilian society — in all of its post-colonial complexity — that cannot be found anywhere else but in this volume. Many of the stories have a peculiar, unexpected twist at the end, a surprise or a contradiction which opens up not only a space for various readings, but the intertextual bridging of the Afro-Brazilian reality with that of the African Diaspora.

Take, for example, Miriam Alves' 'Nightlamp/Abajur', a story that does manage to shake a complacent reader out of her conventional expectations about sexuality and/or gender roles. Although on the

surface a story about a brief sexual encounter between a student and two of her college professors, 'Abajur' also manages to shed a different light on one of the thematic strands in this anthology — that of the role of education in contemporary Brazilian society. Who are our teachers and what are they really passing on to their pupils?[14]

While both Geni Mariano Guimarães's 'Floating Power' and 'Foundation' address the hope that by getting an education, the Afro-Brazilian woman will be free to succeed in contemporary Brazilian society, at the same time they underscore the responsibility that comes with it: their responsibility not only to keep the race progressing, but also not to give up on educating the white children in order to end the fear and ignorance behind Brazilian racism.

Conceição Evaristo's story, 'Duzu-Querença', is also about hope — about parents moving to the city in search of a better life for their children. Evaristo fits the tradition of revisionist historians who are re-writing Brazilian history from the perspective of the oppressed classes: workers, peasants, beggars. The story is about the failure of the dream for that first generation. Duzu-Querença's initiation into prostitution is, unfortunately, an everyday occurrence for rural migrants. But the story indirectly celebrates the sacrifices that the elders have made since it ends with Duzu's grand-daughter shaping a very different future for herself. Evaristo also shows how Duzu-Querença (the grandmother) never abandons her dreams. When reality is insufficient, she escapes to a world of her own creation, the same world a marxist reader would identify in "playing mas" [masquerade] during Carnival, the same escapist function that prevents revolutions.

Sônia Fátima da Conceição's 'No. 505' offers no immediate possibility of escape. Although the young black man travels to the Gardens with the hope of getting the job whose ad he holds in his pocket, his alienation (and fear) from the [white] surroundings is as deep and ingrained as that conveyed by Richard Wright in 'The Ethics of Living Jim Crow', to name only one obvious parallel. The irony of course is that no. 505 houses corruption and greed, and the coincidence of the police ambush and the

young man's approach (and what could have happened) just points to the improbability of racial harmony in the near future.

For if there is a commonality of spirit in these stories, it lies in their creation of a space in which the socially prescribed myth of a Brazilian 'racial democracy' is questioned, problematized, and subverted. Esmeralda Ribeiro's use of magical realism in 'In Search of a Black Butterfly', to offer another example, while attempting to challenge stereotypes about the black woman, ends up reproducing some of them. What are the real motivations of the white boyfriend — the reader is left wondering. One of the means used to make the issue of identity more complex in this story is the construction of a narrative voice which is split. The usual comfort experienced by the reader when she reads a story told in the realist tradition is undermined as the narrative voice shifts between two different first person narrators, thus creating a complicitous reader who is directly addressed as a 'you' who must not tell on her. Like the telephone operator, the reader becomes obsessed with the fate of 'girl butterflies' in such a racist society. These innovations in form and style also allow a feminist questioning of social positionings.

Whenever women begin to speak of their oppression, we are told to organize our priorities hierarchically. In Brazil, black women are often asked if they are oppressed for reasons of race, class or gender. Sometimes the term 'triple oppression' is used to describe their situation, but that is not enough. One is in the world all at once, experiencing all these at once—and differently in each case. Lia Vieira's 'They Were Seven...' is also about growing up female, black, and poor. Daughters of a prostitute, Luanda and Aruanda are trying to survive in an environment that refuses to give them a fair chance. (It is interesting to analyze how, in a way, the story seems ambivalent about the role of the *orishá* — the Lucky Seven Candle does not really protect the family — and of the African-based religion practised in Brazil). Although Flor de Liz (their mother) dreams of a different life for them, male lust and power doom the twelve year old to a life of prostitution (after she is raped), while the older sister will spend her life in jail for having taken revenge in her own hands.

Finally, Lia Vieira's 'Why Hasn't Nicinha Come?' is a very unusual mother-daughter story in that Nicinha constitutes the lifeline for her daughter in prison. Her daily visits have kept her daughter alive, and the accident that kills Nicinha will indirectly also be responsible for another death.

There are, naturally, both commonalities and differences in these emerging voices, and I have tried to sketch only a few of them, but like Africans the world over, Afro-Brazilian women writers are recovering something from their past to reincorporate into the present, thus expanding and enriching Brazilian cultural space. For it is only when Brazil can accept the African tradition in its integrity, as Abdias do Nascimento writes, that the country will come closer to 'that elusive, yet so dearly pursued, national identity. Until that time, such an identity will certainly remain crippled'.[15]

For an English-speaking audience, then, this book is a beginning — a collection of stories reflecting the preoccupations of the contemporary Afro-Brazilian woman writer — that will hopefully necessitate further investigation. The central focus in Afro-Brazilian literature, as in the literatures of the African Diaspora in general, is liberation. The inspiration is African but the struggle is global.

Notes

1   Charles. H. Rowell, ed. *Callaloo* 18.4 (1995), p. vi. This issue of Callaloo is also available on the web: http://muse.jhu.edu/demo/callaloo/18.4 introduction.html Two other bilingual contributions to understanding the African Diaspora in Brazil are Elisa Larkin Nascimento's *Sankofa: Roots of Afro-Brazilian Culture and Abdias do Nascimento* (Elisa Larkin Nascimento, trans.) *Orishas: The Living Gods of Africa in Brazil*, published in Rio by IPEAFRO/Afrodiaspora in 1994 and 95, respectively. Robert Stam's *Tropical Multiculturalism: A Comparative History of Race in Brazilian Cinema and Culture* (Duke UP, 1997) also constitutes an invaluable introduction to the field.

2   qtd. in Rowell, *Callaloo*, pp. 803-4.

3   Leda Maria Martins, 'Gestures of Memory: Transplanting Black African Networks'. in Bernard McGuirk and Solange Ribeiro de Oliveira, eds. *Brazil and*

the Discovery of America—Narrative, History, Fiction (1492-1992). Lewiston, N.Y.: The Edwin Mellen Press, 1996, p. 110.

4    Brazilian blacks provided the first New World prototype of a utopian republic in the maroon community (quilombo) of Palmares, founded in the seventeenth century. Along with the runaway slave majority, Palmares also welcomed 'Indians, mestiços, renegade whites, Jews, Muslims, and herectics, ultimately becoming', in Robert Stam's words, 'a multicultural society long before the term was coined' (42). Zumbi was one of their great chiefs (ganga zumbas), and the anniversary of his death, November 20th, has been rebaptized the 'National Day of Black Consciousness' in Brazil.

5    Cadernos Negros 1, p. 2.

6    Roughly three and a half million blacks survived the Middle Passage to later on constitute a marginalized majority in Brazil.

7    Carolyn Durham, pp. 9-10.

8    The members of Quilombhoje signing the introduction to volume 20 of Cadernos Negros are Esmeralda Ribeiro, Márcio Barbosa and Sônia Fátima. For many Brazilians, as Robert Stam reminds us, 'the quilombos have come to symbolize the tradition of black resistance. It is hardly coincidental', he writes, 'that black liberationist Abdias do Nascimento called his movement Quilombismo, or that popular musician Milton Nascimento composed a Quilombo Mass, or that politicized black artists like Paulinho da Viola founded a black consciousness carnival group called the Quilombo Samba School' (44).

9    Miriam Alves, Finally Us. pp.17-8.

10   Zahidé Lupinacci Muzart, 'A Questão do Cânone', in Rita T. Schmidt, ed. (Trans) Formando Identidades. Porto Alegre: Editora Palloti, 1997, p.80.

11   Constância Lima Duarte, 'O Cânone e a Autoria Feminina'. in Rita T. Schmidt, ed. (Trans) Formando Identidades. Porto Alegre: Editora Palloti, 1997. 53-60.

12   Harriet Wilson's Our Nig; or, Sketches from the Life of a Free Black is also from 1859 but, as the title indicates, the author was not formally a slave.

13   Laura Cavalcante Padilha, 'Old Words and Ages: Voices of Africa', p. 92.

14   Paulo Freire's Pedagogy of the Oppressed is a good companion volume to teach with these stories.

15   Abdias do Nascimento, Abdias (Elisa Larkin Nascimento, trans.) Orishas: The Living Gods of Africa in Brazil. Rio de Janeiro: IPEAFRO/Afrodiaspora, 1995. p. 31.

# À procura de uma Borboleta Preta

## Esmeralda Ribeiro

Uma noite, quando eu estava no Centro Humanitário, onde trabalho, e fui atender a um chamado, a linha cruzou e pude ouvir uma das conversar mais estranhas, cheia de detalhes íntimos e de grande sensibilidade, que mudou o rumo da minha vida.

Naquela noite eu era a única telefonista de plantão. A noite dormia como a cidade. Eu folheava uma revista. Foi em março e faltava uma hora para o dia 8. Antes, devo explicar que sempre ouvi conversas dos outros, pela própria natureza do meu trabalho. Na minha profissão a gente deve manter uma certa distância da vida das outras pessoas. Jamais contaria esta história, se não fosse pela gravidade do fato. É melhor você me chamar como sou conhecida: Telefonista. Mas, ninguém do Centro Humanitário deve saber que narrei essa história.

## ESMERALDA RIBEIRO

Esmeralda Ribeiro is a journalist from the city of São Paulo, born on October 24th, 1958. A member of Quilombhoje Literatura, the literary group responsible for the publication of the series *Cadernos Negro*, she has published more than thirty poems and a short story in *Cadernos Negros*. Ribeiro is the author of a short novel *Malungos e Milongas*, and is also the author of several theoretical essays of importance, including an essay on children's literature in *Reflexões Sobre a Literatura Afro-Brasileira*. Another significant essay, "The Black Writer and Her Act of Writing/Belonging" in *Criação Crioula, Nu Elefante Branco*, examines the role of Black women writers and the political dimensions of their works. This essay called for Black Brazilian women writers to recognize the absence of authentic Black feminine images in Brazilian literature in general and challenged them to recognize the political significance of self-definition in their works.

# In Search of a Black Butterfly

## Esmeralda Ribeiro

One night, at the Crisis Center where I work, when I was answering the phone, the lines crossed, and I heard one of the strangest conversations, full of intimate details and much feeling, a conversation that changed the direction of my life.

I was the only operator working that night. The night slept like the city. I was flipping through a magazine, and in one hour it would be the 8th of March. Before I start let me explain that I have always heard other people's talk — it is the nature of my work — but also, in my line of work, we must keep a certain distance from other people's lives. I would never tell this story but for its gravity. You'd better call me Operator, which is how I am known, but nobody from the Center can know that I have told you this story.

Naquela noite, uma pessoa havia ligado para o Centro, mas bateu o telefone na minha cara. Quando fui desbloquear a linha, ouvi a voz de uma mulher: 'Por favor, me ajude a encontrar a Borboleta preta que voou do meu útero'. Seria uma brincadeira? Seria alguma louca? Mas, a voz do outro lado repetiu:

— Por favor, encontre a minha Borboleta preta.

— O quê? Como, Leila?

— Não sei para onde ela foi, Baby

— Leila, são onze da noite, estava me preparando para tomar um banho e esperar o Tiago. Ele chega hoje de viagem. Podemos conversar sobre o seu problema amanhã?

— Não. Amanhã pode ser tarde demais. Conheço o Tiago. Diga que preciso de sua ajuda, ele vai entender.

— Leila, como uma Borboleta preta pode ter voado do seu útero? Isso é loucura! Estou ouvindo errado, não é? Mas, espera um pouco, vou desligar o chuveiro.

... história mais absurda a Leila liga para a Baby dizendo que voou do seu útero uma Borboleta preta... eu pensei.

— Pronto, pode falar, Leila.

— Você é a minha única amiga, Baby.

— Amiga? Nunca soube muitas coisas sobre a sua vida.

— Espero que você esteja preparada para ouvir, Baby. Quando fui ao médico levar o resultado do exame imunológico de gravidez, o dr... descobriu que eu carregava um borboleta dentro de mim. Nunca contei nada a ninguém, embora estivesse feliz. Seria uma borboleta linda como os meninos.

— Leila, nunca quis filhos porque achava muita responsabilidade. A tal borboleta não te incomodava?

— Não, Baby, me sentia leve como uma bolha de plástico. Havia momentos que tinha uma vontade enorme de andar, andar, sem rumo.

— Leila, estava esquecendo de perguntar: e o Roberto, o maridão, não pode te ajudar?

That night someone called the Center and hung up on me. As I was trying to free up the line, I heard a woman's voice: "Please help me find the black Butterfly that flew from my womb." Was that a prank? Could it be a madwoman? But the voice on the other side repeated:

— Please find my black Butterfly.
— What? What do you mean, Leila?
— I don't know where she went, Baby.
— Leila, it's 11 p.m. I'm getting ready to take a shower and wait for Tiago. He comes back tonight. Can we talk about your problem tomorrow?
— No. Tomorrow might be too late. I know Tiago. Tell him I need your help. He'll understand.
— Leila, how could a black Butterfly fly from your womb? This is madness! I heard you wrong, didn't I? But, wait a minute, I'm stopping the shower.

...what an absurd story I'm thinking... Leila calls Baby telling her about a black Butterfly that flew from her womb...

— Ok, Leila, go on.
— You are my only friend, Baby.
— Friend? I've never known that much about your life.
— I wish you could hear me out, Baby. When I went to the doctor for the pregnancy test, Dr. ... found out I was carrying a butterfly inside of me. I've never told anyone although I was happy. It would be a beautiful butterfly like the boys.
— Leila, I've never wanted children because I've always thought it was too much responsibility. Didn't the butterfly bother you?
— No, Baby, I felt as light as a plastic bubble. There were moments when I felt like walking—walking without any direction.
— Leila, I almost forgot to ask: and what about Robert, your big hubby, can't he help you?

— Baby, nem te avisei porque não valia pena. O Roberto morreu de overpinga. Eu nem fui ao enterro daquele desgraçado. Enquanto vivemos juntos, saímos muito pouco socialmente e na cama não dava para ter prazer com uma pessoa embriagada. Mas... Ainda bem que ele me deixou uma pensão e essa casa, aonde moro com os meus três meninos. Não vamos falar mais nele.

— Leila, e seus parentes?

— Eles me odeiam. Mesmo antes de ficar viúva, tive vários namorados. Meus parentes ficaram revoltados. Ainda mais depois que comecei a sair com freqüência com Jean, aquele soldado de origem francesa. Foi uma barra, Baby, porque você lembra, ele é branco e foi muito difícil o começo do nosso relacionamento. Não andávamos de mãos dadas na rua, com medo das pessoas nos olharem com recriminações. Também tive dúvidas de como iria pentear os meus cabelos, que roupa deveria usar. Se ele estava comigo porque acreditava no estereótipo: negra é boa de cama. Além do mais, meus parentes me acusam de ter traído a família. Embora ainda existam dois mundos para eu e o Jean, estamos superando as crises.

— Leila, mas é a sua família!?

— Baby, quero distância daquela gente. Tenho evitado trazer o Jean ou outros homens em casa, também porque os vizinhos comentam sobre a minha vida. No outro dia, a Marlene, minha vizinha, disse que os meus pequenos queriam outra mãe. Uma vez, o pessoal lá da rua me denunciou na delegacia. Fui chamada no fórum e o juiz me avisou: da próxima reclamação, seus meninos irão para o juizado. Às vezes, quando não me encontro com Jean, fazemos sexo por telefone.

— Leila, como você pede ajuda, se você não lembra onde andou?

— Na segunda-feira fui a diversos lugares. Mas, fiquei mais tempo no parque de diversões, a sete quadras da minha rua. Fomos eu e Jean. Estava vestida com uma cala Jeans e blusa vermelha; calçava sandálias vermelhas de salto fino; levava uma bolsa vermelha e, amarrando as minhas tranças, um lenço também vermelho. Baby, quando chegamos, tirei as sandálias, porque o chão do parque era todo de pedra. O homem ligou a roda-gigante só para nós. Giramos tanto, que delícia... A mão dele

— Baby, I haven't told you before because it is really not worth it. Robert died from too much booze. I didn't even go to the funeral of that pitiful man. While we were living together, we rarely went out and there was no pleasure in bed because he was always drunk. But... At least he left me his pension and this house where I live with my three boys. Let's not talk about him anymore.

— What about your relatives, Leila?

— They hate me. Even before I became a widow I had many boyfriends. My relatives were indignant. They got even angrier when I started to go out with Jean, that soldier with French ancestors. It was such a trip, Baby, for you remember he is white, and the beginning of our relationship was very difficult. We wouldn't hold hands on the streets because we were afraid people would stare at us. I was also not sure how to comb my hair, what clothes to wear. I suspected he was with me because he believed the stereotype: black women are good in bed. On top of that, my relatives accuse me of having betrayed the family. Even though we still live in two different worlds, Jean and I will overcome these crises.

— But, Leila, what about your family?

— I want distance from those people, Baby. I've avoided bringing Jean or any other man to the house because even the neighbors gossip about my life. Just the other day my neighbor Marlene said that my children wanted another mother. Once they even made a formal complaint to the police. I had to go to court and the judge warned me that next time there was a complaint my boys would go to foster care. Sometimes when I cannot see Jean, we have sex over the phone.

— Leila, how can you ask me for help if you don't remember where you've been?

— I've been to many places on Monday. But I stayed longer at the amusement park seven blocks from my street. Jean and I went. I was wearing jeans and a red blouse, red sandals with high heels, a red pocketbook, and also red a bandana to tie my braids. When we got there, Baby, I took off my sandals because the ground at the park was all gravel. The park operator started the ferris-wheel just for us. We went around

entre as minhas pernas, fazia o meu corpo flutuar. Também acariciava seu membro saliente sob a calça. Quando os nossos corpos ficavam suspensos no ar, as nossas línguas misturavam os nossos desejos. Ele esfregava tanto a mão na minha...

... vou tomar um cafezinho porque a conversa dessas duas vai longe... disse com meus botões.

— Leila, ninguém viu vocês, nem o homem da roda-gigante?

— Não, porque era um velhinho. Ele ficava entretido com os pássaros e borboletas que pousavam sobre as pedras. Além do mais, quem vai ao parque de diversões numa segunda-feira à tarde? Daí começamos a ...

Leila, não precisa me contar todos os detalhes, me diga apenas, como a tal borboleta voou do seu útero?

Estava uma delícia... Mas, numa dessas voltas da roda-gigante, vi lá embaixo um garoto. Ele me olhava e balançava a cabeça. Daí... o reconheci. Era o filho do meu pior vizinho. Ele contava todo o que via na casa dele. O pai é o 'cão'. Baby, fique tão desesperada! Gritava para Jean me tirar daquele lugar. Se a vizinhança visse aquela cena, eu iria perder os meus meninos. O pavor era tanto! Como explicar o que estava acontecendo ao Jean? Eu gritava para o velhinho parar aquela coisa. Quanto mais me desesperava, mais a roda girava. A minha cabeça também rodava, rodava. Eu fechei os olhos. Quando os abri, o parque estava tomado pela vizinhança. Quando o velhinho parou a roda-gigante, antes meus pés tocassem o chão, fui atacada. Eles me xingavam de ordinária, cadela, vagabunda e gritavam: 'Seus meninos vão para o juizado'. Baby, eles arrancaram as minhas roupas, eu fiquei nua, nua. Quanto mais eu e Jean corríamos, mais eles ativaram pedras nas nossas costas e cabeças. Jean tentava me proteger, mas era em vão. Entrávamos nos bares, porém, quando os proprietários ouviam os gritos lá fora, nos expulsavam. Na rua de casa, Jean num gesto heróico ficou sozinho, com a roupa rasgada, recebendo as pedradas. Nesse momento eu consegui escapar. Baby, fui levada às pressas para um hospital, porque pelotas de sangue escorriam pelas minhas pernas. Quando acordei, o médico disse

and around and around... what pleasure... His hand between my legs —
i t made my body float. I also carressed his penis, hard underneath his
pants. When our bodies were suspended in the air, our tongues mixed
our desires. He pressed his hand so hard on my...

...I'd better go for some coffee because these two are going to talk for a
long time, I told myself.

— Has anyone seen you, Leila? What about the ferris-wheel operator?
— No. He was really old. He was distracted with the birds and
butterflies perching on the rocks. Besides, who goes to an amusement
park on a Monday afternoon? Then we started to...
— Leila, you don't need to give me all the details. Tell me only how
the butterfly flew from your womb.
— It was great... But, in one of the ferris-wheel turns, I saw a boy at
the bottom. He would look at me and nod his head. Then... I recognized
him. He was the son of my worst neighbor. He would tell everything he
saw when he got home. His father is a "dog." Baby, I was desperate! I
screamed for Jean to get me out of there. If my neighbors saw that scene,
I would lose my boys. That was quite a fright! How could I explain to
Jean what was happening? I screamed at the little old man to stop that
thing. The more I despaired, the more the wheel would turn. My head
was also spinning, spinning. I closed my eyes. When I opened them, the
park had been taken over by my neighbors. Once the old man stopped
the ferris-wheel, even before my feet touched the ground, I was attacked.
They called me all sorts of names — cheap, tramp, bitch — and
screamed: 'Your boys are going to end up in juvenile court'. Baby, they
tore away my clothes, and I became completely naked. The more Jean
and I ran, the more rocks they would throw at our backs and heads. Jean
tried to protect me, but it was hopeless. We tried to enter a few bars, but
when the owners heard the screams outside, they kicked us out. On my
street, in a heroic gesture Jean stood alone, with his clothes torn,
receiving the stoning. At that moment I managed to escape. Baby, I was
taken straight to a hospital because clots of blood were running down

que eu tinha sofrido um aborto. Ele não soube me dizer para onde foi a minha Borboleta preta. Jean me contou depois por telefone, chorando, que a polícia o salvou do quase linchamento. Baby, tenho ficado trancada dentro de casa, com os meus meninos.

... parece que li no jornal um caso como esse se não me engano foi na Somália... disse para mim mesma.

— Leila, apesar de toda a sua história, como vou sair procurando uma Borboleta preta? Por que você não liga para os seus antigos namorados e pede esse favor?

— Desculpe, Baby, mas nenhum homem sairia às ruas procurando a Borboleta preta que voou do útero de uma mulher e depois ficaria calado. Você sabe bem, eles dizem que não são fofoqueiros, mas quando estão juntos vivem difamando a gente. E sabe porque quase fui linchada? Foi porque sempre recusei os convites para transar com o vizinho, o pai daquele garoto do episódio no parque de diversões. Um dia, quando estávamos na fila de ônibus, conversamos sobre tantas coisas, caí na besteira de contar para ele que eu gostava de um soldado de origem francesa. Daí, ele me perguntou porque algumas mulheres gostavam de fazer amor com estrangeiros. Faz tanto tempo! Só me lembro que respondi: Isso não importa. Talvez porque eles sejam bem diferentes. Depois disso, a vizinhança toda ficou sabendo daquela nossa conversa. Ele andou dizendo lá na rua que ainda iria me ferrar. Baby, tenho medo de pedir um favor desse até para o Jean.

— Leila, espera um pouco, deixa eu ir desligar o meu rádio-relógio. Ele deve estar com defeito, só desperta com música.

... A paixão/Puro afã/ Místico clã de sereia/ Castelo de areia/ Ira de Tubarão/ Ilusão...

my legs. When I woke up, the doctor told me I had suffered a miscarriage. He could not tell me where my black Butterfly went. Jean told me later when he called, crying, that the police rescued him from what had almost turned into a lynching. Baby, I've been locked up inside the house with my boys ever since.

...I think I've read in the papers about a similar case... if I am not mistaken, it happened in Somalia...I told myself.

— Leila, despite your story, how can I go in search of a black Butterfly? Why don't you call your old boyfriends and ask them this favor?

— I'm sorry, Baby, but no man would go looking for the black Butterfly that flew from a woman's womb, without telling other men about it. You know how it is: they say we are gossips, but when they are together they spend their lives slandering us. And do you want to know why I was almost lynched? Because I've always refused my neighbor's invitations to sex, you know, the father of the boy in the amusement park. One day, when we were waiting for the bus, we were talking about so many things that I was foolish enough to tell him that I was in love with a soldier with French ancestry. He asked me right away why some women liked to make love with foreigners. It has been so long! I only remember that I answered him that it didn't matter. Maybe because they are different, I said. After this, the whole neighborhood got to know about our conversation. He told them that he would find a way to fuck me. Baby, I am even afraid to ask Jean this favor.

— Wait a minute, Leila. I have to turn off my radio-alarm clock. It must be broken since it only works with music.

...The passion/Pure desire/Mystic tribe of mermaids/Sandcastle/Shark's rage/Illusion...

... foi bom ouvir essa música faz tempo que estou pedindo esse disco do Djavan emprestado pra Cris mas até agora nada quando ela me pede um favor faço no ato eu nunca digo não... refleti.

— Baby, você demorou! A música que estava tocando era Açaí? Eu tinha esse disco em casa, mas sumiu.

— Leila, demorei porque entrou pela janela uma mariposa. Agora, como você se sente, sem estar carregando a tal borboleta dentro de você?

Estou pesada. Páro num lugar e fico um bom tempo olhando para o infinito. É como se os vizinhos ficassem me observando da janela e eu estivesse num aquário como uma espécime rara.

— Leila, tocou o interfone, deve ser o Tiago.

— Baby, me responda?

— Leila, espera um pouco, já volto.

— Escuta, falamos tantas coisas, estava esquecendo de descrever como é a minha Borboleta. Ela tem as asas maior do que as outras da sua espécie. Durante o dia ela fica inquieta, batendo as asas sem parar. Eu sei de tudo isso porque sentia ela mexendo dentro da minha barriga. Você vai ver, ela é uma grande Borboleta preta. Se você a encontrar, devolva na minha casa... Vou dar novamente o endereço...

...droga porque anotei o endereço eu não tenho nada que ver com o papo das duas... pensei.

— Baby, está me ouvindo?

Aí eu pensei... porque a Leila não bate o telefone na cara dessa fresca grande amiga é essa se a Baby quisesse ajudá-la teria colocado um casaco e ido direto ao parque de diversões nossa estou com frio vou colocar o meu casaco...

— Por favor, encontre a borbolet...

...it was good to listen to this song since I've been trying to borrow this Djavan record from Chris for so long, but up to now nothing... I thought about how when she asks me a favor I do it on the spot, I never say no...

— What took you so long, Baby! The song that was playing: was it "Açaí?" I owned this record, but it got lost.

— It took me so long, Leila, because a moth got in through the window. Now, how do you really feel without carrying the butterfly inside of you?

— I feel heavy. I stop some place and stare for a long time towards the infinite. It's like my neighbors were observing me from their windows, and I were a strange fish in an aquarium.

— There is the intercom, Leila, it must be Tiago.

— Answer me, Baby!

— Wait a minute, Leila, I'll come right back.

— Listen, we've talked about so many things that I forgot to describe what my Butterfly looks like. Her wings are bigger than those of her species. During the day she is restless, flapping her wings incessantly. I know all this because I've felt her move inside my womb. You're going to see: she is a big black Butterfly. If you find her, return her to my home. I'll give you the address again.

...damn it, I thought, why did I copy the address... these two are talking about something that does not concern me.

— Baby, are you listening?

Then I thought... why doesn't Leila bang the phone in this bitch's face... great friend she is... if Baby really wanted to help her, she would have put her coat on and gone straight to the amusement park... God I'm cold...I'm going to put my coat on...

— Please find the butterf...

Aí, então, Tinair, a linha caiu. Só contei essa história a você porque eu, desde aquele dia, durmo muito pouco. Essa conversa, sei lá, mexeu comigo.

Trabalho à noite no Centro Humanitário e de manhã vou ao parque de diversões. Tenho ido lá todos os dias. Fico sentada, observando que são tantas borboletas-meninas dormindo sobre as pedras. Fico refletindo: qual será o futuro delas quando se tornarem mulheres.

Then we lost the connection. I've only told you this story because I've slept poorly since that day. That conversation, I don't know, moved me.

I work nights at the Crisis Center and each morning I go to the amusement park. I've been there everyday. I sit there, observing how many girl-butterflies there are sleeping on the rocks. And I keep wondering what kind of future will they have when they become women.

(translated by Maria Helena Lima with Kevin Meehan)

# Foram sete...

## Lia Vieira

Coral piou no mato alto. O dia terminara mal.

Não tinha cheirado cola. Não sabia como dar conta à Flor de Liz do paradeiro de Aruanda. Procurara o morro inteiro pela pestinha, mas que nada.

Teimava em não entrar no barraco. Ali cheirava mofo, suor e resina da vela que Flor acendia para seu Sete proteger a todas.

No varal as roupas balançavam parecendo gente... Que fossem! Mesmo assim não iria me apartar dali. Será que ia ter desova naquela noite? Escutei então o cantarolar e o barulho da água em enxurrada. Devia ser a Maria do Balaio deitando fora a água do banho. Não tardava e ela vinha pedir alguma coisa. Era sempre assim, e eu sem vontade de prosear, de ouvir vantagens e chororô da amiga de minha mãe. Estranho a palavra amiga. As duas quase não se viam. O que uma sabia da outra era o que eu ou Aruanda, minha irmã, contávamos nas vezes em que Flor de Liz não tinha freguês e podia conversar, ensinar ou limpar o cubículo em que vivíamos. Uma coisa por vez. As três nunca dava tempo, senão embolava o meio de campo.

Quando Flor de Liz resolvia conversar, partia sempre do mesmo ponto, de como começara a sua vida, de como seu patrão lhe fizera as prendas, de como se devia estar limpa, linda e jovem para sobreviver na cidade grande, principalmente no morro. E encerrava sempre a lição

## LIA VIEIRA

Lia Viera was born in Rio de Janeiro, in 1958, where she still resides today. She has a BS in Economics and Tourism, and is finishing a PhD in Education through the University of La Habana, Cuba, and the Estácio de Sá University in Rio de Janeiro. She is an activist and researcher for the Black Consciousness and the Women's Movement in Brazil.

# Lucky Seven...

## Lia Vieira

Coral chirped in the thicket. The day had ended badly.

She had not sniffed any glue. She did not know what to tell Flor de Liz about Aruanda's whereabouts. She had searched the whole area for the little devil, but to no avail.

She was reluctant to enter the hut. It smelled of mildew, sweat, and the candle that Flor lit for Mr. Seven[1] to protect them all.

The clothes were hanging from the line as if they were people...

So be it! Even if it was bad, Aruanda would not leave. Would there be any *desova*[2] that night? Then I heard some singing and the noise of streaming water. It must be Maria *do Balaio*[3] throwing away her bath water. It wouldn't take long for her to come over and ask for something. It has always been like this: me not feeling like small talk or like listening to complaints or bragging from my mother's friend. That's a strange word, 'friend'. The two women almost never saw each other. What they knew of each other was what I or Aruanda, my sister, could tell from those times when Flor de Liz did not have a customer and would talk, teach, or clean the cubicle where we lived. One thing at a time. The three of us could not be in the room together or there would be a jam-up at midfield.

When Flor de Liz decided to talk, she would always start from the same point — how her life had begun — how her boss had courted her,

dizendo que me guardava para um bom partido, de preferência PM para cuidar de nós todas. E Aruanda seria para um enfermeiro dali, bem perto do Souza Aguiar, que consulta era difícil e remédio nem se fala, e do jeito que havia doença neste mundo, somente uma peixadinha dessa para aliviar. O assunto dava-se por encerrado quando Flor de Liz se dirigia para o canto do quarto e balbuciava cantigas para seu Sete e a faxina começava num ritmo louco, como se o PM ou o enfermeiro fossem entrar a qualquer momento.

Agarraram-me a cabeça. Taparam-me os olhos.

Não demorou muito o suspense. Pelo cheiro de manga e as mãos sujas de terra, só podia ser a maldita. Desvencilhei-me com raiva e via a seus pés um saco cheio de mangas e a cara torta e desgrenhada de minha irmã, Aruanda.

— Luanda— foi me dizendo— nem demorei muito, viu. Escureceu faz pouco tempo e Flor de Liz nem chegou. Tem janta? Demorei mais porque de novo aquele velho encherido, seu Safa-Onça, buliu comigo, dizendo gracinhas. Dei-lhe uma mangada na cabeça e acabei com a prosa dele. A molecada ficou num riso só.

Ela metralhava cem palavras por minuto, tinha fôlego de gato.

A história do seu Safa-Onça ainda ia acabar mal. Eu mesma ia ter que falar com seu Sete. Flor andava ocupada demais.

Entramos, levadas pela fala de Aruanda, que contava e histórias e vantagens de mais um dia no morro.

Um banho, o jantar, mais histórias-tiros-palavrões, correria morro acima (ou abaixo?), e mais um dia se encerrava.

Já outro clareava, com seu Safa-Onça em minha cabeça. Branco, macho e rico, seu passatempo era descabaçar menininhas, assim falavam todos, assim sabiam todos, assim calavam todos.

Ao ver Aruanda dormindo, eu desejava-lhe melhor sorte. Tinha doze anos. Estava no ponto. Que não fossem o PM ou o enfermeiro, mas seu Safa-Onça não!

how one must keep clean, young and beautiful in order to survive in the big city, mainly in the *morro*.[4] And she would close her lesson saying that she was saving me for a good marriage, preferably a policeman who would take care of all of us. And Aruanda would be for a nurse from the nearby Hospital Souza Aguiar, since consultations were difficult and medicine even more expensive. And the way there was disease in the world, only striking a deal like this would offer them relief. The conversation was over when Flor de Liz moved to the corner of the room and babbled songs for Mr. Seven, and the cleaning would start in a frenzy, as if the policeman or the nurse were to come in any minute.

Someone held my head and covered my eyes.

The suspense did not last that long. The smell of mango and the hands dirty with soil, it could only be the little devil. I freed myself in anger and saw a bag full of mangoes by her feet and the disheveled and twisted face of my sister, Aruanda.

— Luanda — she started telling me — I didn't take that long, did I? It hasn't been long since the sun went down, and Flor de Liz hasn't come home yet. Is dinner ready? It took me longer because again that forward old man, Mr. Safa-Onça, teased me and I had to put an end to his advances. The kids were laughing their heads off.

She would talk a hundred words a minute — nothing could shut her up or slow her down.

The thing with Mr. Safa-Onça is going to end up badly. I'll have to go talk with Mr. Seven about it myself. Flor has been far too busy.

We went in, captivated by the sound of Aruanda's voice. She was telling stories and bragging about one more day on the *morro*.

A bath, dinner, more stories-shots-curses-escape up (or down?) the hill, and another day came to a close.

Another day dawned, and I still had Mr. Safa-Onça in my mind. White, rich, and macho, his favorite pastime was to deflower little girls, this is what everybody said, this everybody knew; this everybody kept silent about.

Looking at Aruanda sleep, I wished her better luck. She was twelve years old. She was just ripe. Bad enough the policeman or the nurse, but not Mr. Safa-Onça!

Acertei um pouco o cabelo e a roupa quase limpa. Nem bem, nem mal. Eu iria para o Santo Antônio. Era dia da bolsa de alimentação. Ficaria por lá todo o dia e seria recompensada por ter que aturar gestos de piedade, sorrisos de desprezo, olhares de culpa. Mas, contribuiria com minha parte para a sobrevivência da família.

Eram oito horas quando voltei e lá estava... Notei que a sala virara um tapete escuro. Pude então distinguir Aruanda aninhada no chão. A bichinha nem se mexia. Tive receio de me aproximar. A vela de seu Sete estava apagada. Me arrepiei. Fique ali. Achei-me perdia. Amaldiçoei baixinho: — 'Filho da Puta!' Foi quando o raio cortou os céus e dividiu meus pensamentos que foram indo, indo, e só voltaram quando os vizinhos começaram a gritar que eu acabara com o seu Safa-Onça.

O trem do esquecimento já fez o passado e no meu trilho de lembranças só restam o facão e o rosto envelhecido, mas sem lágrimas, o rosto de Flor de Liz que estava sendo amparada pela vizinha amiga, como as duas previram que seria um dia. E muita gente aguçada pela curiosidade e que, por falta de detalhes, apenas zumbiam em meus ouvidos: 'Foram sete... Foram sete...'.

I fixed my hair a little and my clothes, almost clean. Not too good, not too bad. I would go to Santo Antônio. It was the day to make money for food. I would be there all day and take my reward for having to put up with gestures full of pity, smiles full of contempt, looks full of condemnation. But I would contribute my share for the survival of the family.

It was eight o'clock when I came back and found... In the room I noticed what looked like a dark rug. Then I could see it was Aruana curled up on the floor. The little kitten was not even moving. I was afraid to get closer. The candle to Mr. Seven was not lit. I shuddered. I stood there. Lost. I cursed him to myself: 'Son of a bitch!' At that moment a thunderbolt split the sky and splintered my thoughts away, away. They only came back when the neighbors started to yell that I had finished off Mr. Safa-Onça.

Already the train of forgetfulness has made this the past. From my trail of memories what remains is the big knife and the aged face of Flor de Liz, still tearless, who was supported by her neighbour friend, as the two predicted it would happen one day. And many people were curious about what had happened but lacking details, only managed to buzz in my ears: 'There were seven... There were seven...'.

(translated by Maria Helena Lima with Kevin Meehan)

Notes

1   A West-African practice (*candomblé* in Brazil), the Lucky Seven candle is lit to protect the house and the family.

2   Term used by criminals and police alike to signify their 'delivery' of bodies (corpses they also call 'hams') in empty lots and bushes.

3   Compound name based on a physical attribute: "balaio" literally means basket, but it refers to a woman's big behind.

4   The word literally means hills, but it signifies the slums that are built there—the people and the culture.

# Por que Nicinha não veio?

## Lia Vieira

A sirene tocou marcando o início das visitas.

O calor sufocante de mais uma tarde sem chuvas.

A indolência do corpo e do pensar.

Um dia atravessava o outro.

Cumpria pena no Talavera Bruce.

O artigo 157.

Só um alívio entre tantas outras iguais a fazia sobrevivente: a visita de Nicinha, sua mãe. Nicinha jamais fizera julgamento do seu gesto, nunca censurara ou se referira ao acontecido.

Trazia sempre palavras confortadoras, revistas, novidades que ali não tinham eco... mas fazia bem o jeito bom de querer que a mãe lhe passava. Única amiga, cumpriam juntas a pena, uma dentro outra fora das grades. Não faltava nunca. Não atrasava nunca. Tinha sempre uma 'coisinha especial'. O mundo exterior entrava ali por seus olhos meigos e a serenidade de sua presença.

Perguntou as horas. Alguém lhe soprou um número. Recostou-se nervosa, inquieta, agitada. Acendeu um cigarro, contemplou a paisagem. Arrepio. Presságios. O tempo se excede. Terminado o horário de visitas. Todas recolhidas. Em seu armário um bilhete pregado:

Nicinha não virá mais. Foi atropelada no percurso até aqui.

Mais informações na Administração.

Nenhuma emoção. Não atendeu quando alguém chamou seu nome.

Apodrecera o fio a que estava atada e despencou nas profundezas.

Ficaria por lá à espera. Contaria carneirinhos, que por lá não passariam, pois lá não era o caminho, mas ela não sabe, ausente, nunca saberia.

# Why Hasn't Nicinha Come?

## Lia Vieira

The siren marked the start of visiting hours.

The suffocating heat of one more afternoon without any rain.

The indolence of body and mind.

Days have become interchangeable.

She has been serving time at Talavera Bruce.

Article # 157.[5]

Only one thing in that sameness has allowed her to survive: her mother's visit. Nicinha has never judged her act; she has never criticized her or referred to what had happened.

She would always bring comforting words, magazines, news that meant nothing in there… but it did her good the way her mother showed her affection.

Her only friend — they were serving time together — one inside and the other outside the prison bars. She never missed a single day. She was never late. She would always bring a 'special treat'. The outside world would enter through her sweet eyes and the serenity of her presence.

She asked for the time. Someone whispered a number. Nervous, she leaned back. Anxious. Restless. She lit a cigarette, contemplated the view. A shudder. Presentiment. Time running out. Visiting hours are over. All returned to their cells. A note posted on her locker:

Nicinha won't come anymore. She was run over by a car on her way here. More information in the Office.

No emotion. She does not respond when someone calls her name.

Her lifeline breaks and she plummets into the abyss.

She will stay there, waiting. She will count sheep that will not come her way because there is no way. But she does not know, absent, she will never know.

(translated by Maria Helena Lima with Kevin Meehan)

Note

5    During the military dictatorship, under article #157 many were taken prisoner and disappeared in Brazilian jails.

# No. 505

## Sônia Fátima da Conceição

'Estamos sendo investigados', alguém diz.

A tensão explode situado nos vários compartimentos do luxuoso escritório situado nos Jardins. Cogita-se à respeito do que está para acontecer, mas tudo é incógnita, e nenhuma alternativa é capaz de refazer os ânimos. É terça-feira. Noite. A notícia chega a este luxuoso lugar no mesmo momento em que marcos, negro retinto morador do subúrbio, movido pelo otimismo, resolve atravessar a cidade e enfrentar novos desafios. Dobra com cuidado o anúncio retirado de um jornal. Coloca no bolso da calça que vestirá no dia seguinte. Marcos deita naquela noite um coração livre da indecisão, cheio de esperanças.

Manhã. Quarta-feira. O olhar do chefe do escritório, Roger, denuncia uma noite insone. Angustiado, anda — de um lado para o outro na sala da diretoria. Por um momento pára próximo à janela. Olha de forma estranha para a rua. Sua atitude deixa inquieto Pedro, seu sócio:

— O que você tanto olha?

## SÔNIA FÁTIMA DA CONCEIÇÃO

Sônia Fátima da Conceição is a sociologist who works with abandoned children in São Paulo. She is a native of Araraquara and was born on March 15th, 1951. A member of Quilomboje, she has published in *Cadernos Negros* Volumes 2, 4, 5, 6, 7, 8, 9, 10, 11, 12, 13, and 14. Her article on the role of literature for Black people in Brazil in *Reflexões sobre a literatura Afro-brasileira* explains why Afro-Brazilian authors must define their own aethestics and address issues that are critical to the survival of Black people, such as illiteracy and poverty. Her essays deal with the experiences of impoverished children who enter the child welfare system. Her short stories provide insight into the lives of Afro-Brazilian women.

# No. 505

# Sônia Fátima da Conceição

'We are under surveillance', someone says.

Tension explodes in the various cubicles of the luxurious office situated in the Gardens.[6]

One wonders what is going to happen next, but everything is unclear and no alternative seems capable of restoring confidence. It is Tuesday. Evening. The news arrives in this fancy place at the same time that Marcos, a pitch black resident of the outskirts of the city, moved by hope, decides to cross town and face new challenges. He carefully folds the ad he has cut from the paper, placing it in the pocket of the pants he will be wearing tomorrow. That night Marcos lies down with a heart free from indecision, full of hope.

Morning. Wednesday. The look in the office manager's eyes, Roger, tells of a sleepless night. Anxious, he walks from one side of the director's office to the other. For a moment he stops by the window. He looks at the street in a strange way. His air makes his partner, Peter, nervous:

— What are you staring at?

— Um cara, parado na esquina. Parece que somos seu alvo.

— Não adianta paranóia! Neste momento precisamos de calma.

— Não sei não... Há tempos está ali parado. Deve ser um federal. Veja o tipo.

— Uuuhhmmm... Não acredito, não.

Marcos desceu do ônibus há mais de cinco minutos. Desde então, postou-se próximo ao 505. É só. A rua é arborizada, estreita. Diferente do que havia imaginado.

A indecisão retorna. O prende. Tenta se desvencilhar. O ar puro com cheiro de verde o ajuda. Dá passadas seguras no lado par da calçada. Olha para o local. Pensa em atravessar a rua. As pernas se recusam. Respira fundo, toca o bolso, busca o anúncio. Teria perdido? Impossível! Tivera o máximo de cuidado com ele! Não havia dúvida: estava na rua e no número indicados.

— É necessário fazer boa figura! Nada de afobação! Calma! Calma!

O pensamento atenua a ansiedade. Ajeita a camisa de linho. Verifica os sapatos. Atravessa a rua. O coração bate forte frente ao local.

— Não disse! É polícia sim.

— Por quê, cara?

— Está em frente ao escritório.

— Qual o problema? Não é nada do que você está pensando. O cara parece estar perdido.

Finalmente, Marcos encontra o anúncio. Certifica-se do local. Pensa adentrar imponente, pisando firme sobre o temor. Mais uma vez a necessidade de fazer boa figura se impõe.

Respira fundo. Aliviada a tensão, consegue reparar na beleza do local. Um grande jardim à frente, grama cuidado, flores, árvores e ao fundo o sobrado. A construção de tijolos aparentes causa um imenso contraste com as janelas brancas. O vidro fumê dá um ar de segurança, sugere um negócio bem sucedido.

— A man, standing at the corner. It looks like he has targeted us.

— Paranoia is not going to solve anything! Right now we need to be calm.

— I'm not sure... He has been there forever. He must be a federal agent. Look at the guy.

— Uuuhhmmm... I don't think so.

Marcos left the bus more than five minutes ago. He has been standing near number 505 since then. He is alone. The street is narrow, full of trees. Different from what he has imagined.

Indecision assails him again, imprisoning him. He tries to free himself. The pure air with its green scent helps him. He walks with confidence on the even side of the street. He looks at the spot. He thinks of crossing the street. His legs refuse to obey. He takes a deep breath as he touches his pocket in search of the ad. Could he have lost it? Impossible! He has taken the utmost care with that ad. There could be no doubt: he was on the right street and at the right number.

— It's important to make a good impression! Don't hurry! Calm! Calm!

Thinking relieves his anxiety. He fixes his linen shirt. Checks on his shoes. He crosses the street. His heart pumps furiously as he approaches the place.

— Didn't I tell you? He is a cop for sure.

— Why, man?

— He is in front of the office.

— What's the problem? It's not what you're thinking. The guy seems lost.

Finally. Marcos finds the ad and double-checks the address. He thinks of making a powerful entry, and steps firmly on his fear. Once more, though, he remembers how important it is to cut a good figure.

He takes a deep breath. Once he is calmer, he begins to notice the beauty of the place. A large garden in front, beautifully cared for lawn, flowers, trees, and in the back, the house. The bricks contrast greatly

Livre da indecisão, caminha em direção ao portão. Alguém o interpela. Pede informação sobre a localização de uma rua. Angustia-se, não possui a informação. Desconhece o bairro. Contém um desejo rápido de acompanhar a pessoa. De ajudá-la na busca. Por um momento, Marcos se desconhece. Sente um desconforto que o inquieta.

— Eu disse para o Flávio: mostrar fotos e apresentar mapas de supostos locais é mancada.

— Acontece, companheiro, que é hora de se mandar.

— Não! Não! Daria para ganharmos mais, se o idiota não estivesse com a gente.

— Não, meu! Há momentos que para você conseguir vender a idéia é preciso lançar mão de alguma coisa. Conversa só não basta.

Inquieto, Marcos torna-se mais uma vez vítima da angústia:

— Não me darão atenção. Com certeza. Pelo menos se eu estivesse do lado contrário da curva do sino. Negão tem mais é que mascar aço.

Os pensamentos saem truncados. Um receio, agora, brota em um dos cantos do coração. Um negro parado naquela região poderia ser confundido com ladrão.

Crava as unhas na carapinha bem cuidada. Coloca uma das mãos no bolso. Caminha meio sem direção. As passadas a princípio são lentas, aos poucos rápidas e seguras. Quando dá por si, está distante do portão. Distante do 505, da rua estreita e arborizada situada nos jardins.

— E o cara?

— Estranho! Verificou o sobrado e agora se afasta rápido.

— Não disse! Não é polícia não! Com certeza esperava por alguém.

— Tomara, mas a atitude é suspeita. Pode ser estratégia.

against the white windows. The smoked windows give an air of safety, suggesting a successful business.

Free from indecision, he walks in the direction of the gate. Someone stops him to ask for information about the location of a certain street. He becomes anxious about not having the information. He does not know the neighborhood. He contains a sudden wish to accompany the person. To help her in her search. For a moment Marcos is unsure of himself. He feels a discomfort that makes him uneasy.

—I've told Flávio: it is a mistake to show photographs and come up with maps of supposed sites.

—Look, partner, it's time for us to get going.

—No! Absolutely not! We could have made more money if that idiot were not with us.

—No way, my friend! There are times when it takes more than talk to sell an idea. — Talk alone is not enough.

Uneasy, Marcos becomes once again a victim of his anxiety:

—They are not going to pay any attention to me. Surely. At least if I were from the right side of the tracks. The black man always has to chew steel.

His thoughts are cut short. Fear rises in one of the corners of his heart now. A black man standing in that part of town could be confused with a robber.

He sinks his nails in his carefully-groomed Afro, and places one hand in his pocket. He walks more or less aimlessly. His steps are initially slow but gradually become fast and sure of themselves. Then he realizes how far he is from the gate. Far from 505, in the narrow tree-lined street situated in the Gardens.

— And the guy?

— Strange! He checked on the house and now he's moving on really fast.

— Didn't I tell you? He is definitely not a cop! He must have been waiting for someone.

— I sure hope so, but his attitude is suspicious. It could be part of his strategy.

Marcos pára. Tem a impressão de que, atrás de cada janela, naquela bonita rua, alguém ria de sua atitude. Sente desejo de rir também. Era o medo tripudiando. Sem disfarce! Sente raiva. Move-se através dela. E através do pensamento, agora, busca e ocupa espaços. Sorri ao imaginar-se no Drink Restaurant. Sem temor, altivo, mesmo sendo o alvo das atenções. Indiferente às caras tortas que com certeza os racistas fariam. Pedir tudo do mais caro. Comer, como todos. Pagar com moeda corrente. Deixar o ambiente de maneira altiva, mas não sem antes informar à madame da mesa próxima ao WC da direita que ambos — ele e ela — defecarão pelo mesmo orifício. E que seria irrelevante no momento a discussão — entrada e/ou saída.

Marcos caminha firme, determinado. Está de volta, agora atravessando o portão do número 505 daquela rua estreita e arborizada.

De repente, vários carros aproximam-se do local fazendo muito barulho: polícia e cidadãos comuns. Se apavora. Está agora em meio à confusão. Sente um medo concreto de ser preso. Um forte empurrão o coloca fora do portão. O som de muitas falas o atordoa.

— Ladrões, vigaristas, filhos da puta!

— Devolvam nosso dinheiro!

Marcos não consegue entender nada. Falas e mais falas desconexas, para confundir mais e mais sua mente. Vê, atônito, as gramas e as plantas bem cuidadas sendo pisadas pelas pesadas botas dos soldados. As janelas brancas do local parecem agora ter um ar cínico, e os vidros fumês escondem barafundas.

— Ladrões! Vigaristas!

— Golpistas, safados.

Marcos ouve o grito histérico da pequena multidão. Foge de sua compreensão o porquê de o 505 daquela rua estreita e arborizada situada nos Jardins ter se transformado em verdadeira praça de guerra.

Sente-se ultrajado ao ver como as pessoas tocavam paredes, portas, vidros... Como adentravam o espaço mexendo em tudo, atirando objetos, papéis, provocando a mais completa desordem, obrigando a polícia a agir com rigor.

Marcos stops. He has the feeling that behind every window of that beautiful street there was someone laughing at his behavior. He feels like laughing, too. It was like celebrating the fear. Without any pretense! He gets angry. He moves through the anger. And in his mind now, he searches for and occupies new spaces. He smiles imagining himself at the Drink Restaurant. Without any fear, haughty even, the object of everyone's attention. Indifferent to the twisted faces that the bigots there would certainly make, he would ask for the most expensive items on the menu. He would eat like everybody else. He would pay like everybody else. Before leaving the restaurant proudly, he would inform the lady at the table next to the bathroom on the right that they both — he and she — would defecate through the same orifice. And that any discussion at the moment would be irrelevant—coming and/or going.

Marcos walks firmly, in a determined way. He is back, now opening the gate of number 505 in that narrow and tree-lined street.

Suddenly many cars approach the place making a lot of noise: the police and common citizens. He is terrified. He is now in the middle of that confusion. He fears being arrested. A strong shove knocks him away from the gate and he is stunned by the sound of many voices.

— Thieves, crooks, sons of bitches!

— Give us our money back!

Marcos cannot understand anything. The disconnected phrases confuse him more and more. Perplexed, he sees the well-groomed lawn and plants being smashed by the boots of the cops. The building's white windows now have a cynical air about them, and the smoked glass seems to hide some mess.

— Thieves! Crooks!

— Frauds, shameless bastards.

Marcos hears the hysterical cry of the small crowd. It is beyond his comprehension why number 505 of that narrow and tree-lined street situated in the Gardens has become a veritable scene of warfare.

He feels indignant when the people touch the walls, doors, glasses... How they have invaded the space, touching everything, throwing objects, papers, causing complete chaos, forcing the police to act harshly.

Alguns disparos no ar. A aglomeração se desfaz. No sobrado, somente alguns policiais. Marcos, que caminhava na multidão, se percebe também do lado de fora.

O número de policiais aumentou. Era necessário manter a integridade física dos marginais. Nem mesmo o ar puro com cheiro de verde consegue aplacar a fúria da multidão, que aumenta no momento em que surgem na escadaria, escoltadas por vários policiais, duas loiras algemadas. A cada insulto desferido, lágrimas jorravam dos olhos azuis das meliantes.

— Vadias... vão trabalhar vagabundas!

— Meu dinheiro, mafiosas.

A polícia protege os marginais, mas não cala a multidão que vocifera no momento em que descem algemados os dois 'cabeças' da organização:

— Ladrões! Ladrões!

— Vigaristas!

Marcos não consegue entender a forma com que os dois o olham em meio a toda multidão. Havia ódio! Muito ódio!

Um objeto é atirado. Marcos não identifica o que é. Por pouco não fora atingido. A polícia volta a agir com rigor. Não pode perder o controle da situação. Novamente disparos no ar. A multidão se contém por instantes.

Marcos sente-se atordoado, decepcionado. Tenta sair do tumulto. Sua cabeça dói, tem a impressão de que incha em determinados momentos. As pessoas gritam palavrões. Fazem comentários:

— Pela foto, pelo mapa apresentado, os espertos iam construir a clínica de emagrecimento numa conceituada fábrica de sapatos.

Sente-se insultado, humilhado com os comentários. Tenta sair da confusão. As pessoas o interpelam: umas para contar como foram lesadas, outras querendo saber como ele foi vítima daqueles bandidos.

Marcos atravessa agora o portão. Ganha a rua. Olha o lugar com desprezo.

Somente algumas pessoas ainda conversam e esbravejam, em pé, sobre a grama agora maltratada do local. Sente uma coisa estranha no peito. Talvez resultado do olhar de ódio dos marginais. Balança a cabeça,

Some shots are fired in the air. The crowd scatters. Outside the house only a few police officers are left. Marcos finds himself with the crowd on the other side of the gate.

More police officers arrive. It's necessary to prevent the criminals from getting hurt. Not even the pure air with its green scent can placate the fury of the crowd the moment they see them — two handcuffed blondes — at the top of the stairs, escorted by numerous officers. At each insult hurled against them, tears flow down from their thieving blue eyes.

— Tramps... Go to work, you bums!

— Give me back my money, mafia bitches.

The police protect the criminals but are not able to silence the crowd that erupts again the moment the heads of the organization are lead down the stairs in handcuffs.

— Thieves! Thieves!

— Crooks!

Marcos cannot understand the way the two women look at him in the middle of all that crowd. There was hatred! Much hatred!

An object is thrown. Marcos cannot tell what it is, but it misses him by very little. The police start to act tough again. They cannot lose control of the situation. They again fire in the air. The crowd contains itself for a while.

Marcos feels dizzy, disappointed. He tries to leave the crowd behind. His head hurts; at some moments it feels as if it is swollen somehow. The passers-by scream obscenities while commenting on the situation.

— Look at the photograph and the map they circulated: those sharks were going to build the diet clinic in a famous shoe factory.

He feels offended, humiliated by the comments and tries to leave the confusion. People stop him to tell him how they got screwed; others wanted to know how he was victimized by those bandits.

Marcos opens the gate. He reaches the street. He looks at the place with contempt.

Only a few people are still standing on the now ruined lawn, still talking and shouting. He feels something strange in his chest. Perhaps as a result of the look of hatred from the criminals. He shakes his head, in a

num gesto de incompreensão. Limpa o suor da testa. Toca o bolso. Retira o anúncio. Lê indignado:

> PRECISA-SE
> AUXILIAR CONTÁBIL
> ESCOLARIDADE 2º GRAU COMPLETO
> EXPERIÊNCIA DE UM ANO.
> É PRECISO BOA APARÉNCIA.

Sobretudo desonestidade, pensa. Ao perceber que colocou novamente o anúncio no bolso, irrita-se. Sente que o nó na garganta se acentua. A vontade é berrar com algo dentro de si mesmo. Não sabe bem o que. Busca o anúncio, que parece esconder-se. Cansa-se da busca. Então retoma a caminhada. A princípio de forma lenta. Aos poucos, os passos tornam-se firmes, seguros.

Entra no primeiro ônibus que passa, na esperança de ter se livrado do anúncio e do estranho medo.

gesture of disbelief. He wipes the sweat from his forehead. Touching his pocket, he pulls out the ad, which he reads indignant:

> WANTED
> ASSISTANT ACCOUNTANT
> HIGH SCHOOL COMPLETED
> AT LEAST A YEAR'S EXPERIENCE
> GOOD APPEARANCE REQUIRED

Despite everything, dishonesty required, he thinks. And at the point Marcos puts the ad back in his pocket, he gets irritated. He feels that the knot in his throat is worse. He feels like screaming from somewhere deep inside. He doesn't know exactly what it is. He searches for the ad that seems to be hiding from him. He gets tired of looking. He starts to walk again, slowly at first, but gradually his steps become firm, sure of themselves.

He enters the first bus that passes his way, in the hope of having freed himself from the ad and from that strange fear.

(translated by Maria Helena Lima with Kevin Meehan)

Note

6    Wealthy area in the city of São Paulo with houses almost like palaces. The region is called the Gardens because it encompasses different suburbs: Jardim Paulista, Jardim América, Jardim Europa, etc.

# Alicerce

Meu pai chegou do trabalho na lavoura, tirou do ombro o bornal com a garrafa de café vazia e sentou-se num degrau da escada da porta da cozinha.

Pediu-me que fosse buscar o rolo de fumo de corda que ia, enquanto esperava o jantar, preparar os cigarros para a noite e o dia seguinte.

Trouxe-lhe, e, ao desembrulhar o fumo, ele deu coma a cara do Pelé sorrindo no jornal do embrulho. Enquanto desamassava o papel para ver melhor, disse-me:

— Este sim teve sorte. Lê aí pra mim, filha. Fala devagar senão eu não decifro direito.

Peguei o jornal e comecei a ler o comentário, que contava suas façanhas esportivas e dava algumas informações sobre a vida fantástica do jogador. Muitas palavras eu não sabia o significado, mas adivinhava quando olhava no rosto do meu pai e ele soltava ameaços de risos, sem tirar o olho da mão trêmula que picava o fumo.

Quando terminei a leitura, ele disse:

— Benza Deus. Você viu só, minha filha? Era assim como nós. O pai dele é que deve não caber em si de orgulho. Vendo um filho assim, acho que a gente até se esquece das durezas da vida.

## GENI GUIMARÃES

Geni Mariano Guimarães is a native of São Manoel, S.P. Born on October 8th, 1947, she has published two volumes of poetry, *Terceiro Filho* in 1979 and *Da Flor ao Afeto* in 1981. She has also contributed poems to a number of anthologies including *Antologia Contemporânea da Poesia Negra Brasileira*, *A Razão da Chama*, *O Negro Escrito*, and the German magazine *IKA*. Her book for children, *A Cor de Ternura* (*The Color of Tenderness*) stresses a positive identity for young Black Children. Geni Guimarães is a teacher.

# Foundation

## Geni Guimarães

My father returned from working in the fields, removed the sack with the empty coffee bottle from his shoulder, and sat on the steps to the kitchen door.

He asked me for the roll of twisted tobbaco because he wanted to prepare his cigarettes for the evening and for the following day while waiting for dinner.

I brought it for him, and as he unwrapped the tobbaco, he found Pelé's face smiling at him from an old newspaper. While smoothing the paper to see it better, he told me:

— This one is the lucky one. Read it for me, daughter. Speak slowly so I can get it.

I took the newspaper and began to read the article about Pelé, telling of his sporting feats and offering some information on the player's fantastic life. I did not know the meaning of many words but I would guess them when looking at my father's face as he giggled at some, without lifting his eyes from the trembling hand that hashed the tobbaco.

When I finished reading, he said:

— God Bless. Can you see, child? He was just like us. His father must be bursting with pride. With a child like him we can even forget the hardships of life.

Deu um suspiro comprido e acrescentou:

— Se a gente pelo menos pudesse estudar os filhos...

Senti uma pena tão grande do meu velho, que nem pensei para perguntar:

— Pai, o que mulher pode estudar?

— Pode ser costureira, professora... — Deu um risinho forçado e quis encerrar o assunto. — Deixemos de sonho.

— Vou ser professora — falei num sopro.

Meu pai olhou-me como se tivesse ouvido blasfêmias.

— Ah! Se desse certo... Nem que fosse pra eu morrer no cabo da enxada. - Olhou-me com ar de consolo. — Bem que inteligência não te falta.

— É, pai. Eu vou ser professora.

Queria que ele se esquecesse das durezas da vida.

Quando já cursando o ginásio eu chegava com o material debaixo do braço, via-o esperando por mim no início da estrada, na chegada da colônia.

Num desses dias, quando atravessávamos a fazendinha e falávamos sobre meu estudo, ele disse:

— Tem que ser assim, filha. Se nós mesmos não nos ajudarmos, os outros é que não vão.

Nisso ia passando por nós o administrador, que, ao parar par dar meia dúzia de prosa, cumprimentou meu pai e lhe falou:

— Não tenho nada com isso, mas vocês de cor são feitos de ferro. O lugar de vocês é dar duro na lavoura. Além de tudo, estudar filho é besteira. Depois eles se casam e a gente mesmo...

A primeira besteira ficou sem resposta, mas a segunda mereceu uma afirmação categórica e maravilhosa que quase me fez desfalecer em ternura e amor.

— É que eu não estou estudando ela para mim — disse meu pai. — É pra ela mesmo.

O homem deu de ombros e saiu tão lentamente que quase ouviu ainda meu pai me segredando:

He sighed slowly and added:

— If only our children could study...

I felt so sorry for my old man that I did not think before asking:

— Dad, what can a woman study?

— She can be a seamstress, a teacher... He forced a smile and tried to end the conversation. — Let's stop dreaming.

— I'm going to be a teacher — I whispered.

My father looked at me as if he had heard profanity.

— Ah if it could work out... Even if I had to die holding a hoe. He looked at me trying to cheer me up.

— It's not that you lack intelligence.

— That's it, dad. I'm going to be a teacher.

I wanted him to forget life's hardships.

When walking home from high school, holding my books in my arms, I would find him waiting for me by the place where the road begins at the entrance to the village.

On one of those days, as we crossed our plot and talked about school, he told me:

— This is how it gotta be, child. If we don't help ourselves, nobody else will.

The overseer was passing us when my father said that, and he stopped to chat. After greeting my father, he said:

— Of course it's not my business but you colored people are made of iron. Your place is to work the fields... Besides, to have your children study is nonsense. Once they get married we are just...

The first nonsense did not get an answer but the second deserved my father's wonderful and categorical response, which almost made me faint from tenderness and love for him.

— It's just that I am not sending her to school for me — my father said. — It's for her I'm doing it.

The man shrugged his shoulders and left so slowly that he almost heard what my father whispered:

— Ele pode até ser branco. Mas mais orgulhoso do que eu não pode ser nunca. Uma filha professora ele não vai ter.

Sorriu, tomou minha mão e continuamos a caminhada.

— Pai, de que cor será que é Deus...

— Ué...Branco — afirmou.

— Mas acho que ninguém viu ele mesmo, em carne e osso. Será que não é preto...

— Filha do céu, pensa no que fala. Está escrito na Sagrada Escritura. A gente não pode ficar blasfemando assim.

— Mas a Sagrada Escritura...

Ele olhou-me reprovando o diálogo, e porque não podia ir mais longe acrescentei apenas:

— É que se ele fosse preto, quando ele morresse, o senhor podia ficar no lugar dele. O senhor é tão bom!

Em toda a minha vida, nunca vira meu pai rir tanto.

Riu um riso aberto, amplo barulhento. Assim, rindo, foi até chegar em casa e, quando minha mãe olhou-o de soslaio, disse para meus irmãos:

Com certeza viu passarinho verde.

Como ele não parava de rir, todos aderiram e a sala ficou agitada e alegre.

Foi quando me escapou a emoção, dei um passo comprido e beijei a barriga da minha mãe. Diante do gesto incomum todos ficaram me olhando, meio jeito de espanto.

Fiquei envergonhada e fingi que tirava, com a unha, uma casquinha de coisa nenhuma escondida entre os dentes do fundo.

WOMEN RIGHTING: AFRO-BRAZILIAN WOMEN'S SHORT FICTION

— He can even be white. But he cannot be prouder than I am of you. A schoolteacher daughter he is not going to have.

He smiled, held my hand and we continued to walk.

— Dad, what color do you think God is...

— What do you think... White — he affirmed.

— But since nobody has seen him in the flesh... Couldn't he be black?...

— For God's sake, daughter, think before you speak. It's written in the Bible. We can't be uttering blasphemy like this...

— But the Bible...

He looked at me disapproving of the conversation, and because I could not go on, I only added:

— It's just that if he were black, when he died you could take his place. You are so good!

In my whole life I've never seen my father laugh as much as that.

An open laughter, wide and noisy. And he laughed all the way home, and when my mother saw him, she told my brothers:

— He must have seen a *passarinho verde*.[7]

Since my father could not stop laughing, everybody joined him, and the room became agitated and happy.

It was at that moment that I had to show what I was feeling. I took a long step and kissed my mother's belly. Faced with such an uncommon gesture, they all stared at me in awe.

I was embarrassed and started to pretend that I had to use my nail to free a bit of nothing that had lodged in my back teeth.

(translated by Maria Helena Lima with Kevin Meehan)

Note

7   Literally, a green bird. The idiom conveys something unusual, out of the ordinary, that makes the one who sees it unexplainably happy.

# Força Flutuante

## Geni Guimarães

Com o certificado na bolsa, saí para procurar emprego.

Consegui numa escola substituição pra o ano todo. Dar aulas numa classe de primeira série que 'sobrou' das professoras que, sendo efetivas no cargo, optaram por alunos maiores e em processo de alfabetização mais avançado.

No pátio do estabelecimento, tentando engolir o coração para fazê-lo voltar ao peito, suportei o olhar duvidoso da diretora e das mães, que, incrédulas, cochichavam e me despiam em intenções veladas.

Só faltaram pedir-me o certificado de conclusão 'para simples conferência'.

Soou o sinal de entrada e meus pequerruchos entraram barulhentos, agitados.

Só uma menina clara, linda, terna, empacou na porta e se pôs a chorar baixinho. Corri para ver se conseguia colocá-la na sala de aula.

— Eu tenho medo de professora preta — disse-me ela, simples e puramente.

— Tanto medo e doce misturados desarmaram-me. Procurei argumentos.

— Vou contar pra você histórias de fadas e...

— O que aconteceu? - Era a diretora, que, devido ao policiamento, chegou na hora H.

Contei-lhe o ocorrido e ela prontamente achou a solução.

— Não faz mal. Eu a coloco na classe da outra professora de primeira.

Reagi imediatamente. Acalmei-me e socorri-me.

— Por favor. Deixe que possamos nos conhecer. Se até a hora da saída ela não entrar, amanhã a senhora pode levá-la.

A diretora aceitou a minha proposta e saiu apressada.

Vi, então, que era muito pouco tempo par provar a tão nova gente minha igualdade, competência. Mas algum jeito deveria existir.

# Floating Power

## Geni Guimarães

With the certificate in my pocketbook, I went out to look for a job.

I found one school that needed a substitute for the whole year. I would teach a first grade class that the tenured teachers did not want to take, preferring instead the older students who have already begun to read.

Trying to swallow my heart to keep it in my chest, I put up with the doubtful looks of the headmistress and the mothers, who were whispering among themselves in disbelief as they stared at me during assembly.

It felt as if they would ask to see my diploma even when they came for parent-teacher conferences.

After the bell rang my agitated little ones came into the classroom noisely.

Only a sweet, beautiful and white little girl balked at the door and started to cry softly. I ran to the door to try to convince her to come into the classroom.

— I'm afraid of a black teacher — she told me pure and simply.

So much sweetness and fear intermingled disarmed me. I searched for arguments.

— I'm going to tell you fairy tales and...

— What happened? — It was the headmistress who, always on the lookout, arrived at that precise moment.

I told her what was going on, and she found a solution right away.

—No problem. I'll place her with another first grade teacher.

I reacted immediately. I calmed myself and came to my own rescue.

—Please. Allow us to get to know each other. If she does not come in until the time to go home, tomorrow you can place her with another teacher.

The headmistress accepted my offer and left in a hurry.

I realized then how little time I had to prove my equality and competence to such young people. But I would find a way.

Eu precisava. Precisava por mim e por ela.

Os outros aluninhos se impacientaram e eu comecei meu trabalho, com a pessoinha ali, em pé na porta, me analisando, coagindo com os olhinhos lacrimosos, vivos, atentos. Pedia explicações, punha preço e tinha pressa.

Assim prensada, fui até a hora do intervalo para o lanche, falando, falando. Olhava para a classe, mas falava para ela. Inventei o primeiro dia de aula sonhado na minha infância conturbada.

Alegria de aprender, desenhar. Sabores gostosos dos lanches, brincadeiras e cantos brincados, cantados nas mentiras inocentes, quando sonhar era pensar que acontecia.

Na hora do recreio, enquanto os outros professores tomavam o cafezinho e comentavam o andamento das aulas, fiquei no pátio.

Talvez ali me viesse alguma idéia.

Vi-a entre as outras crianças. Aproximei-me e pedi-lhe um pedaço do lanche. Deu-me, indecisa, meio espantada.

Resolvi dar mais um passo.

— Gostaria que você entrasse na classe depois. Assim você senta na minha cadeira e toma conta da minha bolsa enquanto eu trabalho.

Saí sem esperar resposta. Medo.

Logo mais retornamos à sala de aula.

Ela sentou na minha cadeira, colocou seu material ao lado do meu. 'Precisei' de uma caneta. Pedi-lhe. Abriu minha bolsa como se arrombasse um cofre, pegou e entregou-me a caneta solicitada. Meio riso na boca.

Durante a aula pedi que levantasse a mão quem soubesse desenhar.

Todos levantaram as mãozinhas. Constatei. Ela também sabia.

Desenhou um cachorro retangular e sem rabo.

— Seu cachorro é uma graça — disse-lhe rindo. — Ele não tem rabo?

— Não é meu. É da minha avó. Quando meu avô bebe e fica bravo, ele corre e enfia o rabo no meio das pernas.

Baixou a cabeça e pintou o cachorro de azul.

Ao término da aula, arrumou o material sem pressa. Percebi-a amarrando os passos e tentando ficar afastada das outras crianças.

I needed to. I had to, both for her and for myself.

The other students became impatient and I started my work with that little person there, standing by the door, analyzing me, compelling me with her lively, attentive, tearful eyes. She demanded explanations, at a price, and was in a hurry.

Under so much pressure I talked away until lunch. I looked at the whole class but was addressing her. I made up the first day of school out of a dream from my tumultuous childhood.

The joy of learning, drawing. The delicious taste of snacks, the games and songs sung in innocent lies when to dream was to think it would happen.

During recess, while the other teachers were having coffee and talking about their classes, I stayed in the courtyard.

Maybe there I would have an inspiration.

I saw her among the other children. I approached her and asked for some of her lunch. Uncertain, even a little frightened, she gave it to me.

I decided to move a step further.

— I would like you to come in the classroom now. This way you can sit on my chair to take care of my pocketbook while I work.

I left without waiting for an answer. Fear.

Soon we returned to the classroom.

She sat on my chair placing her stuff next to mine. When I 'needed' a pen, I asked her for one. She opened my purse as if breaking into a safe — she got one and gave it to me. Half a smile on her face.

During class I asked for a show of hands how many could draw.

All of them raised their little hands. I noticed that she did too.

She drew a rectangular dog without a tail.

— Your dog is so cute — I said smiling. — Doesn't he have a tail?

—He is not mine. He is my grandmother's. When my grandpa drinks and gets angry, the dog runs and puts his tail between his legs.

She put her head down and painted the dog blue.

At the end of the day she arranged her things without any hurry. I noticed she was taking her time, trying to stay behind, away from the other children.

Alguma coisa tinha para dizer-me. Impacientei-me. Sabia que, fosse o que fosse, eram respostas às minhas perguntas indiretas.

Decidiu a hora, segurou na minha saia e pediu:

— Amanhã você deixa eu sentar perto da minha prima Gisele? De lá mesmo eu cuido da bolsa da senhora. Amanhã eu vou trazer de lanche pão com manteiga de avião, a senhora gosta de lanche com manteiga de avião na lata?

— Adoro.

— Vou dar um pedaço grandão pra senhora, tá?

— Obrigada.

Combinamos.

— Até amanhã.

— Até amanhã.

Dia seguinte, lá estava ela. Primeira da fila, leve e doce.

Ao me ver, deu uns passos, querendo vir ao meu encontro, mas a inspetora de alunos segurou-a pelo braço e fez com que retornasse ao seu lugar, porque já havia dado o segundo sinal.

Olhei-a e sorri. Ela, disfarçadamente, com medo da advertência da inspetora, apenas apontou com o dedo a lancheirinha vermelha, me provando que havia cumprido o trato. Estava ali meu lanche de pão com manteiga de avião.

Foi quando, com nitidez nunca sentida, entendi tudo o que meu pai me ensinara, nas suas palavras curtas, nas suas parábolas decifradas na cartilha da existência.

E sentimentos placentários escaparam do útero, meu útero das minhas raízes, grafaram as leis regentes de todos os meus dias.

Sou, desde ontem da minha infância, bagagem esfolada, curando feridas no arquitetar conteúdo para o cofre dos redutos.

Messias dos meus jeitos, sou pastora do meu povo cumprindo prazerosa o direito e o dever de conduzi-lo para lugares de harmonias. Meu porte de arma tenho-o descoberto e limpo entre, em cima, embaixo e no meio do cordel das palavras.

She had something to tell me. I got impatient. Whatever it was, there would be answers to my indirect questions.

She decided it was time, pulled my skirt and asked:

— Tomorrow will you let me sit with my cousin Gisele? I can watch your pocketbook from there. Tomorrow I'm bringing bread and airplane butter[8] for lunch. Do you like bread and airplane butter for lunch?

— I love it.

— I'll give you a large piece, ok?

— Thank you.

We had a deal.

— See you tomorrow.

— See you tomorrow.

Next day and there she was. On the first row, light and sweet.

The way I see it she stepped towards me to say hello, but the inspector of students held her arm and made her come back to her seat because the second bell had already rung.

I looked at her and smiled. Trying to escape the notice of the inspector she pointed with her finger to the red lunch box, proving to me that she had fulfilled her side of the deal. There it was my bread and butter lunch.

It was at that moment that I understood, as clearly as ever before, what my father had taught me in his terse words, in his parables to be deciphered in the primer of existence.

And placenta-like feelings escape my womb — the womb of my roots — inscribing the ruling laws of all my days.

I am, since the yesterday of my childhood, marked baggage, healing wounds in the making of content for the fortification of safes.

Messiah of my own ways, I am the shepherd of my people, fulfilling the right and the duty to guide them to places of harmony. My weapon is visible and clean in between, over, under and in the middle of a string of words.

(translated by Maria Helena Lima with Kevin Meehan)

Note

8    margarine

# Abajur

## Miriam Alves

O VENTO batia em seus cabelos. As ondas negras aneladas balançavam leves. Seus pensamentos também balançavam, na inconstância das imagens que ela queria reter. De quando em quando sorvia um gole de cerveja em lata e olhava o céu. Detia a atenção em uma gaivota fazendo acrobacias aéreas tão próxima da barca, que para tocar-lhe as penas com a ponta dos dedos parecia ser necessário só levantar os braços.

A BARCA aproximava-se do cais gorda e lenta, cheia de pessoas ruidosas conversando ao mesmo tempo. O alarido da conversa somado ao som das ondas produzia um som quase ensurdecedor. Ela sorvia lentamente a cerveja. Passeava os olhos pelas pessoas da barca, pela gaivota e suas acrobacias aéreas. Baixou os olhos e deteve-se no desfile de detritos domésticos que se misturavam ao salgado das ondas. Sem cerimônia bailavam: sacos plásticos vazios de açúcar, as sacolas vazias de supermercados, latas de cervejas e refrigerantes vazios, pacotes vazios de biscoitos, absorventes femininos usados, entre outros tantos objetos difíceis de serem identificados. Era um vai-vem de vazios, numa sincronia

## MIRIAM ALVES

Miriam Alves was born on November 6 th, 1952 in the city of São Paulo. She is employed as a social worker. Alves has written a variety of works, including poetry, short stories, and drama. Her works include two volumes of poetry, *Momentos de Busca* and *Estrelas no dedo*. She co-authored a drama, *Terramar*, with Arnoldo Xavier and Cuti (Luis Silva). Her work appears in numerous anthologies including *Cadernos Negros* (volumes 5, 7, 8, 9, 10, 11, 12, 13 and 14) and *AXÉ*. A theoretical essay on the nature of Afro-Brazilian literature appears in *Reflexões sobre a literatura afro-brasileira*. She also contributed to a number of other collections including Criação Crioula, Nu Elefante Branco; Mulheres Entre Linhas II - concurso de poesia e conto; A Razão da Chama; O Negro Escrito; and Schwarze poesie/poesia negra.

# Nightlamp

## Miriam Alves

The wind was blowing through her hair, the wavy black curls lightly swinging. Her thoughts were also wavering in the inconstancy of the images she wished to retain. From time to time she would take a sip of beer from the can and look at the sky. Her gaze was fixed on a seagull doing aerial acrobatics, so close to the ferry that it seemed all she needed to do to touch its feathers was to raise her arms.

Filled with loud people talking at the same time, the ferry approached the wide dock slowly. The din of conversation together with the sound of the waves produced an almost deafening roar. She sipped the beer slowly, gazing at the line of passengers in the ferry, at the seagull and its aerial acrobatics. Lowering her eyes, she stopped at the procession of household garbage floating in the salty waves. They danced unceremoniously: empty sugar bags, empty grocery bags, empty soda and beer cans, empty cookie boxes, used maxipads and many other objects that were hard to identify. It was a coming and going of empties, in a random synchrony that gathered speed, the faster the ferry went,

desencontrada que acelerava à medida que a barca rompia caminho, aumentando a marola.

A TARDE avermelhava-se, aqui e ali, e tons amarelos intensificavam a luz especial que o sol vertia, abrindo alas à lua. O cenário todo imprimia cores de sonho à realidade. Enquanto abria outra lata de cerveja, pensava: 'o que fizeram com a baía da Guanabara?'. Assustou-se ao ouvir a própria voz, insistia na mania de pensar em voz alta, e repreendeu-se irritada.

CALOU-SE. A barca atracou no cais do Rio de Janeiro. Desceu apressadamente. Pegou um ônibus e vinte minutos depois estava no elevador. Na maleta térmica, ainda havia algumas cervejas e latas vazias para jogar no lixo. Não tinha coragem de atirá-las na baía. Abriu a porta do apartamento lentamente. Abrira aquela porta por tantas vezes que esquecia-se de que a casa não era sua. Só tinha as chaves, mas gostava daquela decoração pouca, que lhe acolhia familiarmente ao longo dos anos. Um sofá, algumas almofadas espalhadas pelo chão sem nenhum critério, um vaso de samambaia, uma televisão com o seu companheiro videocassete e um abajur. Gostava especialmente do abajur. Nas horas do amor apagavam toda a luz e ficavam, corpos entrelaçados, à luz do abajur. Habituara-se ao quadro da mulher amamentando uma criança. Encantava-se com um panô com a figura de Bob Marley fumando, servindo de cortina. Sentia a magia das estatuetas — réplicas de máscaras africanas.

SENTIA-SE em casa. 'Não há ninguém', pensou outra vez em voz alta. Deliciava-se revendo o que já conhecia de cor, enquanto tomava outra cerveja. 'Mas que demora. Achei que ao chegar iria encontrar...' Surpreendeu-se outra vez falando o pensamento. Estranhava a demora. Não havia marcado nada, mas fazia anos que não precisavam marcar encontros. Não se lembrava do dia em que teve e esperar tanto. 'Talvez um pouco de birra pela briga de ontem'. Dirigiu-se à cozinha, cortou fatias de salame, ligou a televisão, ajeitou-se nas almofadas e aguardou.

MASTIGANDO rodelas de salame, ingerindo a cerveja aos gole, não percebeu o passar do tempo. Não percebeu. Adormeceu na espera.

increasing the waves.

The afternoon sky reddened here and there, with yellow streaks that intensified the sun's special light, opening the way for the moon. The whole setting gave reality the hues of a dream. While opening another can of beer, she thought: 'what have they done to the Guanabara Bay?' She was startled to hear her own voice, insisting on the habit of thinking out loud, and she reprimanded herself irritably.

She became silent. The ferry docked in the Rio de Janeiro harbor. She went down in a hurry, got into a bus and twenty minutes later arrived at the elevator. Her cooler still held some beer and a few empty cans to throw away. She had not dared to throw them in the bay. She opened the door to the apartment slowly. She had opened that door so many times that she almost forgot it was not her home. Although she had only been given the keys, she came to like the sparse furnishings that seemed to welcome her familiarly through the years. A couch, some pillows scattered on the floor with no apparent logic, a vase with a fern, a television with a VCR and the lamp. She especially liked the lamp. When they were making love, bodies entwined, they would turn off all other lights to be under the light of the lamp. She had gotten used to the painting of the woman nursing a child. She loved the cloth with the figure of Bob Marley smoking a spliff that served as a blind. She was under the spell of the statues, replicas of African masks.

She felt at home. 'There is nobody here', she thought out loud. While drinking another beer, she was delighted to see again what she already knew by heart. 'What a long wait! I thought that when I got there I would find...' She found herself speaking her thoughts out loud again. She was surprised at the delay. They had not set a time, but it had been years since they needed to schedule their trysts. She could not recall a day when she had to wait for so long. 'Perhaps it is to punish me for the fight we had yesterday'. She went to the kitchen, cut some slices of salami, turned on the television, arranged the pillows and waited.

Chewing some slices of salami, sipping her beer, she did not feel time passing. She did not notice. She fell asleep while waiting.

A BRISA da madrugada invadia a sala agitando lentamente o panô com a figura de Bob Marley, para lá e para cá, numa suavidade rítmica, preenchendo a sala com as cores da unidade africana. Bob Marley parecia querer sair dali dançando um reggae.

ELA ACORDOU, a televisão estava desligada. Ela estava coberta por uma colcha fina. 'Chegou, não quis me acordar, cobriu-me. Ato de proteção e carinho'. O corpo doía pelo desconforto das irregularidades das almofadas. A língua grossa saibrosa. Coração aos pulos. 'Então tinha chegado! Finalmente'. Tranqüilizou-se. 'Nada de pressa'.

LEVANTOU-SE em silêncio. Sentiu o desconforto das roupas que vestia, apertando-a. Tirou a calça jeans. Vestia uma calcinha bege de renda nova, sexy, cobre e descobre ao mesmo tempo. A camiseta curta e justa apertava também. Tirou-a. Vestia um sutiã bege que mal cobria os seios médios e arredondados. Observou-se na lingerie nova e propositadamente sensual. Pensou em fazer as pazes. Recordou os melhores momentos, aquele dia no chuveiro, outra noite na banheira do motel, aquele outro dia na piscina na casa da Cláudia, que pediu para olharem a casa quando de sua viagem. Reviveu a passagem do Ano Novo, quando champanhe estourado foi bebido nos corpos. Adormeceram ao som dos fogos de artifício de boas-vindas. Romperam o ano, corpos nus.

O BICO dos seios intumesceu, denunciando o desejo, por força de tantas recordações. No jogo de penumbra e sombras que o abajur derramava pela sala toda, a excitação crescia. Foi a cozinha e bebeu um copo de água gelada. Sentiu um bem-estar reanimá-la. Na geladeira, geometricamente organizadas, as latas de cerveja que estavam na maleta térmica. Geladas. Supergeladas, como gostava. Abriu uma e dirigiu-se ao quarto. Ouviu um gemido abafado. Um gemido de prazer. Ouvira tantas vezes no calor dos toques. Brincando pedia para bisar o gemido. Ficavam gemendo de brincadeira. Tipo brincadeira de criança. Quem gemia mais tesudo. Riam e rolavam cúmplices na cama.

The morning breeze invaded the room, moving slowly, from here to there, the cloth with the figure of Bob Marley, in a rhythmic gentleness that filled the room with the colors of African unity. Bob Marley seemed to want to leave the room dancing a reggae.

She woke up. The television was off. A light bedspread was covering her. 'She arrived and did not want to wake me up, so she covered me. A gesture of protection and tenderness'. Her body hurt due to the discomfort of the unevenness of the pillows. Her tongue was thick and rough. Her heart was beating fast. 'She had arrived then. Finally'. She calmed down. No hurry.

She got up in silence. She felt the discomfort of the clothes she was wearing — they were tight. She took off the jeans. She was wearing new underwear — beige lace, sexy, covering and revealing at the same time. The short undershirt was also very tight. She took it off. She was wearing a beige bra that barely covered her round breasts. She observed herself in the new and purposely sensual lingerie. She thought of making up. She remembered their best moments: that day in the shower, the other night in the motel bathtub, that other day in the pool when they were house-sitting for Claudia. She relived the last New Year's Eve when they popped champagne and drank it off their bodies. They fell asleep to the sound of fireworks welcoming the new year. They started the year, bodies naked.

Her nipples hardened, revealing the desire that erupted from so many memories. In the play of light and shadows created by the lamp, her desire increased. She went to the kitchen and drank a glass of ice-cold water. She felt reanimated. In the refrigerator were the beer cans from her cooler, geometrically organized. Cold. Super cold, the way she liked them. She opened one and started to walk towards the bedroom. She heard a muffled moan. A moan of pleasure, that she heard so many times in the heat of touching. Jokingly, she would ask for the moan to be repeated. They would go on moaning in jest. Like child's play. Who would be the most horny. They would laugh and roll in bed like accomplices.

'A QUEM esse gemido era dirigido?', questionou-se, intrigada. 'Talvez fosse só provocação'. Haviam brigado no dia anterior. Agressões verbais partiram de ambos os lados cruzando o espaço. Atingiram-se em cheio mutuamente. 'Acabou esta de fidelidade', dissera. Sabia que eram agressões vazias. Ameaças vazias. Não tinha acabado nada. Desde quando recebeu as chaves do apartamento sentia-se segura. As chaves foram a prova de amor, confiança e fidelidade. Entrava e saía a qualquer hora. Sim, as chaves do apartamento significavam mais que casamento. As chaves eram um pacto.

BRIGARAM, amaram-se e ofenderam-se durante anos de convivência. O pacto, assim como o amor, havia se mantido. As chaves do apartamento! Havia nisso um encantamento especial.

A POUCA LUZ do abajur iluminava a patética cena: ela de lingerie nova bege de lycra, lata de cerveja na mão, cabelos em desalinho, ouvindo ruídos suspeitos vindos do quarto. Ela de lingerie nova comprada para fazer as pazes da briga da noite anterior. Ela se indagando, confusa, insegura, sorvia goles de cerveja sofregamente. Raiva, ódio, traição: os sentimentos misturavam-se.

SEPARANDO o quarto da sala, no vão da porta, um grande panô pintado a mão estampando uma mulher negra jovem, bonita, com a cabeça raspada, nua, de costas, sentada sobre uma grande pedra. Seu rosto voltava-se para trás e via-se o perfil esquerdo. O olhar perspicaz da mulher-pintura imprimia em sua face uma aparência enigmática, esfíngica e, ao mesmo tempo, intimidadora. Parecia guardar, proteger e defender. Substituía a velha cortina de bambu e miçanga. Substituíra depois de pedir permissão, não fazia nada e não mudava nada de lugar sem obter permissão. A casa não era sua.

QUANDO olhava a pintura, sentia-se à vontade, imaginava-a guardiã. 'A guardiã de todos os segredos. A guardiã das ocorrências intra-paredes. Oh! Grande guardiã! Guarde-nos!', brincava.

COM LINGERIE nova, segurando a lata de cerveja, passou pela guardiã feito fera. No quarto na penumbra reconheceu a estante com vários livros desarrumados. CDs espalhados pelo chão e a estante e a mesinha-de-cabeceira. Várias revistas e jornais acomodados em um

'Who is this moan addressed to?' she wondered, intrigued. 'Maybe it was only a provocation.' They had had a fight the day before. Verbal attacks came from both sides, crossing the space, creating a complete and mutual antagonism. 'We're done being faithful', she said. She knew these were empty aggressions. Empty threats. She hadn't ended anything. She felt safe since she had been given the keys to the apartment. The keys were proof of love, trust, and fidelity. She could come in and out any time. Yes, the keys to the apartment meant more than marriage. The keys were a pact.

They fought, made love and hurt each other during the years of their relationship. The pact, just like the love, had been kept. The keys to the apartment! There was a special delight in that.

The dim little light of the lamp brightened the pathetic scene: she in her new beige underwear, holding a beer can in her hand, with disheveled hair, hearing suspect noises coming from the bedroom. She in the lingerie she had bought to make up from yesterday's fight. She would be questioning herself, confused, insecure, sipping the beer avidly. Anger, hatred, betrayal: the feelings were mixed.

Separating the bedroom from the living room, on the space of the door, was a large hand-painted cloth with the image of a beautiful, young black woman, sitting on a large rock, her head shaven. Her face was turned backwards and we could see her left profile. The penetrating gaze of the woman-painting gave her face an enigmatic, sphinx-like look that was at the same time intimidating. She seemed to be guarding, protecting and defending. It was substituting for the old bead and bamboo curtain. She had changed it after asking permission: she would not do anything or change anything without asking permission. It was not her house.

When she looked at the painting, she felt comfortable, imagining her a guardian. 'The guardian of all secrets. The guardian of the happenings between walls. Oh Great guardian! Protect us!' she would joke.

In her new lingerie, holding the beer can, she passed the guardian like a beast. In the dark bedroom, she made out the bookshelf with many books displaced. CDs were scattered all over the floor and on the shelf

cesto de vime. Um guarda-roupa pequeno para conter tanta confusão de objetos e roupas. Logo abaixo da janela a cama. A cama.

NA CAMA, o dorso nu de Jorge ajoelhado por entre as pernas de Nadir, que o entrelaçava pela cintura. Entregues totalmente àquele ato, explodiram de prazer. Balançavam os corpos em um compasso frenético. Jorge e Nadir gemiam, ela gritava. Os sons ao longe pareciam frutos de uma só explosão. Nadir prostrou-se num longo suspiro, passava a língua pelos lábios ressequidos. Jorge, depois da explosão, desabou sobre Nadir com a cautela dos amantes. Sensações de descargas elétricas percorriam o corpo de ambos, que suspiravam e gemiam baixinho.

NADIR E JORGE, flagrados. Perceberam a presença de Clotilde. Ela paralisada, muda, olhos arregalados, lata de cerveja na mão. Sentia pequenas descargas elétricas percorrendo-lhe o corpo. Não sabia se chorava. O grito ecoado junto com a explosão orgástica de Jorge e Nadir soava em seus ouvidos. Pairava um silêncio profundo no ar. Mas aquele som a três martelava seus ouvidos, sua memória, seus sentimentos. Clotilde... Clotilde olhava. Simplesmente olhava sem reação. Pensava: 'Qual atitude se tem nesta situação? Qual reação devo ter?'.

NINGUÉM atrevia-se a lançar palavras ao ar. Entreolhavam-se cada qual com sus pensamentos. Jorge e Nadir nus, não fizeram esforço para cobrirem-se. Nadir levantou-se um pouco tonta, caminhando na direção de Clotilde. Nadir nua. Clotilde de lingerie nova. Não se deram conta da aparente intimidade da cena. Nadir dirigiu a palavra a Clotilde. Clô, mergulhada em pensamentos, não ouviu. Lindos. Como pareciam lindos. Pele contra pele. O tom negro acobreado forte de Nadir e tom de pele de Jorge mais para o âmbar amainado. Pele contra pele, contrastavam aqui e ali. Somavam-se principalmente na região do púbis.

DETIA o olhar ora no corpo de um, ora no corpo de outro. Enfeitiçava-se com a beleza e a sensualidade da cena. Paralisada, perdia-se em pensamentos, em divagações sem sentido e fora de hora. Estremeceu ao ouvir a voz de Nadir, que a despertava do torpor.

'DESCULPE-ME, Clô... Não queria... Foi um impulso... O Jorge...'.

and nightstand. Many magazines and newspapers were arranged in a wicker basket. A small wardrobe held a confusion of objects and clothes. Just under the window, the bed. The bed.

In bed, Jorge's naked torso kneeling between Nadir's legs that enlaced him in the waist. Completely surrendered to that act, they burst with pleasure. Their bodies were swinging in a frenetic pace. Jorge and Nadir moaned — she screamed. The sounds from afar seemed the fruit of a single explosion. Nadir lay down in a long moan, licking her tongue over her dry lips. After the explosion, Jorge fell over Nadir with the caution of lovers. Electric discharge sensations ran through their bodies, as they both sighed and moaned softly.

Nadir and Jorge, caught in the act. They noticed Clotilde's presence — paralyzed, mute, wide-opened eyes, beer can in hand. She felt small electric discharges running through her body. She did not know whether to cry. The scream of Jorge and Nadir's orgasm still echoed in her ears. Their silence hung heavy in the air. But that sound of the three of them banged her ears, her memory, her feelings. Clotilde looked. She simply stared without a reaction, thinking: 'How should one react in this situation? How should I react?'

Nobody dared to break the silence. They looked at each other, each with her thoughts. Jorge and Nadir naked, they were not even trying to cover themselves. Nadir got up a little dizzy and walked towards Clotilde. Nadir naked. Clotilde in her new lingerie. They did not even notice the apparent intimacy of the scene. Nadir addressed Clotilde, who, deep in her thoughts, did not hear her. Beautiful! How beautiful they seemed. Skin against skin. The dark copper tone of Nadir's black skin contrasted to Jorge's yellow amber tone. Skin against skin. They blended mainly in the pubic area.

She gazed back and forth from one body to the other. She was bewitched by the beauty and sensuality of the scene. Paralyzed, she was lost in thought, wandering without meaning and outside time. She shivered when hearing Nadir's voice that brought her back from her numbness.

'Forgive me, Clo. I didn't want. It was an impulse. Jorge...'

CLOTILDE olhava para ela com olhos distantes. Demorou a entender o sentido das palavras. Nadir insistiu: 'Clô... foi um impulso. O Jorge... '. A frase interrompeu-se. O gelo da cerveja atingiu em cheio o rosto de Nana. Clotilde finalmente entendeu a situação. Descontrolou-se. Levantou a mão para estapear, socar Nana. Como se atrevia? 'Como?', gritava.

FOI ACOMETIDA por um acesso. Tinha vontade de matar Nana. O corpo de Clô estremecia, sem controle. Ela gritava: 'Como? Como?' Tentava acertar Nana com a lata de cerveja.

JORGE AINDA deitado assistindo a tudo como um espectador neutro. Interferiu segurando a mão de Clô, armada com a lata de cerveja, no ar. Impediu-a de acertar Nana. Clô então virou-se contra ele. Xingando. Gritando. Chutando. Jorge levantou a mão contra Clô, mas antes de atingi-la sentiu um violento chute por trás, que o atingiu por entre as pernas. Curvou-se. Sentou-se no chão. 'Que fim de noite!', pensou, dolorido e indignado.

NANA E CLÔ choravam. Foram sentar-se na cama. Não sabiam mais o que fazer. Choravam. Choravam. Uma completamente nua. Outra de lingerie nova. As emoções aniquilaram qualquer agressividade. Nana pegou a mão de Clô e docilmente acariciou os dedos, um a um. Clô não esboçou qualquer reação. Nana beijava os dedos de Clô. Um a um, introduzia-os suavemente na boca. Acariciando-os com a ponta da língua. Os olhos de Clô iluminaram-se. Clô reanimou-se.

JORGE, refeito das dores e do susto, procurava na anarquia do quarto suas roupas, vestindo-as lentamente à medida que as encontrava. Nana e Clô, sentadas na beira a cama, trocavam carícias. Jorge completamente vestido tentou interromper. Não foi ouvido. Confuso, ficou ali em pé, sem saber como se retirar.

NANA em lágrimas desmanchava-se em desculpas. Pedia perdão para Clotilde. Nana prometia que aquilo não mais aconteceria, nunca mais. Chorava. 'O nosso pacto é de fidelidade. Eu sei...', dizia, com voz embargada. 'Foi a briga de ontem', desculpava-se. 'Não sabia se você voltaria'. Continuou com a voz embargada, transparecendo mágoa. 'Não fiz de propósito. Eu não ia transar com Jorge. Juro', continuava dizendo.

Clotilde looked at her with vague eyes. It took her a while to understand the meaning of the words. Nadir insisted: 'Clo, It was an impulse. Jorge...' Her phrase was interrupted. The coldness of the beer reached her right in the face. Clotilde finally understood the situation. She lost control, raising her hand to smack, punch Nana. How did you dare? 'How?' she screamed.

She seemed possessed. She felt like killing Nana, her body shaking, out of control. She screamed: "How? How?" She tried to hit Nana with the beer can.

Jorge was still in bed, watching everything like a neutral spectator. He interfered to stop Clo's hand in the air, armed with the beer can. He prevented her from hitting Nana. Clo then turned against him — cursing, screaming, kicking. Jorge raised his hand against Clo, but before he could hit her, he felt a violent kick from behind that hit him between the legs. He bent over, sitting on the floor. 'What a way to end the night!' he thought, indignant and in pain.

Nana and Clo were crying. They sat on the bed, not knowing anymore what to do. They were sobbing. Crying. One completely naked. The other in her new lingerie. Their feelings eliminated any possibility of aggression. Nana held Clo's hand and caressed her fingers submissively, one by one. Clo did not show any reaction. Nana was kissing Clo's fingers. One by one, she would introduce them into her mouth, caressing them with the tip of her tongue. Clo's eyes brightened. She was reanimated.

Recovered from the pain and the scare, Jorge was searching for his clothes in the anarchy of the room. He put them on slowly as he found them. Sitting at the end of the bed, Nana and Clo exchanged caresses. Completely dressed, Jorge tried to stop them. They did not hear him. Confused, he stood there, standing up, not knowing how to leave.

In tears, Nana continued to ask for forgiveness. She asked Clotilde to forgive her, promising it would not happen again — never more. She was crying: 'We have a pact to be faithful. I know', she said in a hushed voice. 'It was yesterday's fight', she said trying to justify it. 'I didn't know if you would come back'. Her voice was still full of sorrow. 'I did not do

'Estava com raiva, bebi um pouco depois das aulas'. Falava como se metralhasse as palavras. 'Queria ferir você, Clô. Deixei Jorge subir para uma conversa. Só isso'.

CLÔ OLHAVA e ouvia. Foi sua vez de pegar os dedos de Nana e acariciar um a um, introduzi-los vagarosamente na boca e pressioná-los com a língua de encontro ao céu da boca. Nana sussurrou um ai. Em seguida protestou: 'Não, Clô, deixa eu terminar'. Emendou imediatamente: 'Quando cheguei e vi você dormindo nas almofadas com a TV ligada me esperando, me arrependi de ter deixado Jorge subir'. Respirou, beijou Clô suavemente nos lábios e continuou: 'Você sabe, não é, Clô? Eu não queria desconfianças em nossa relação. Foram anos tão discretos. Você sabe que eu sempre quis assim. Não sabe?'

'POR QUE você levou Jorge ao quarto?', perguntou Clô, passando suavemente os dedos nos mamilos de Nana. 'Não queria acordar você', Nadir respondeu. 'Ficamos conversando um bom tempo antes de...'

'OLHA, não quero mais saber de nada!', gritou Clô, enciumada. Nana falava. Falava. Querendo redimir a culpa que sentia. Pela palavra. 'Sabe, Clô... De repente a mágoa, a bebida. Você deitada na sala. As fantasias... Sabemos, não é, Clô?, que o desejo e o prazer femininos são insondáveis...'. Ameaçava continuar filosofando. Porém Clô beijou suas lágrimas ternamente. Beijaram-se prolongadamente e se abraçaram forte e demoradamente. O desejo começou a queimar-lhe a pele. Nana puxou as alças do sutiã de Clô. Saltaram os seios redondos e intumescidos. Fez menção de beijá-los, quando deram conta da presença de Jorge, todo vestido encostado à parede do quarto. Desconcertado. Excitado. Confuso. 'Quem diria que Nana era...'. Não completou o pensamento. Percebeu que as duas de mãos dadas, sorrisos nos lábios, encaminhavam-se em sua direção.

A BARCA rompia as ondas da baía da Guanabara. Clotilde olhava a gaivota fazendo acrobacias aéreas. O vento não batia em seus cabelos porque os trazia presos com um elástico colorido. Já era tarde de domingo. A luz do final do dia fazia a pele de ébano de Clô assumir uma tonalidade singular. Ela trazia um sorriso cúmplice nos lábios. Sorveu um gole de cerveja em lata e respirou profundamente. Quase um

it on purpose. I was not going to have sex with Jorge. I swear', she kept saying. 'I was angry and drank some after class'. She spoke as if her words were machine-gunned. 'I wanted to hurt you, Clo. I let Jorge come up to talk. Only that.'

Clo looked at her and finally heard it. It was her turn to take Nana's fingers and caress them one by one, introducing them slowly into her mouth and pressing them with her tongue against her palate. Nana whispered 'Ah'. Soon she protested: 'No, Clo, let me finish'. She continued immediately: 'When I arrived and saw you sleeping on the pillows with the TV on, waiting for me, I was sorry I had left Jorge come up'. She sighed, kissed Clo lightly on her lips and continued: 'You know, Clo, don't you? I did not want mistrust in our relationship. Ours have been such discreet years. You know I've always wanted it like this, don't you?'

'Why did you take Jorge to the bedroom?' Clo asked, passing her fingers lightly on Nana's nipples. 'I did not want to wake you up', Nadir answered. 'We talked for a long time before we...'.

'Look, I don't want to know anymore!' Clo screamed jealously. Nana went on telling. She talked and talked trying to redeem the guilt she felt. Through the word. 'You know, Clo. Suddenly the sorrow, the drinking. You sleeping in the living room. The fantasies... We know, don't we, Clo, that feminine pleasure and desire are unfathomable'. It looked like she would go on philosophizing, but Clo kissed her tears tenderly. They kissed for a long time and hugged each other hard and lastingly. Desire began burning their skin. Nana pulled down the straps in Clo's bra. Her round and hard breasts jumped out. She motioned towards kissing them when they both noticed the presence of Jorge, fully dressed against the wall of the bedroom. Disturbed. Excited. Confused. 'Who would say that Nana was a...'. He did not finish his thought. He noticed that the two were coming towards him, hand in hand, a smile in their lips.

The ferry broke the waves of Guanabara Bay. Clotilde looked at the seagull doing aerial acrobatics. The wind was not blowing her hair because she had it tied in a colorful elastic band. It was already Sunday afternoon. The light at the end of the day made Clo's ebony skin assume a singular tone. She carried the smile of an accomplice on her lips. She

suspiro. À direita, a Universidade de Niterói, imponente, aguardando por ela segunda-feira. A rotina retornaria. Trabalho, estudo. Acabaria a tese de literatura Angolana e Negritude ainda naquele ano. Pensava: 'Que fim de semana!!!' Tentou sorver um gole de cerveja... Não conseguiu. Sorriso cúmplice, enigmático a desenhar seus lábios. Deteve o olhar na gaivota e suas acrobacias. 'Amanhã à noite verei Jorge e Nadir, na faculdade'. Sorriu... 'Meus professores!!!', suspirou. Pensou na luz do abajur espalhando luzes e sombras, numa dança onde bailavam emoções, sensibilidade. Pensou também na Guardiã, a pintura do panô. 'Ainda bem que ela é Guardiã!' Jogou a lata de cerveja ainda cheia nas águas do mar. 'Há mais um segredo boiando na baía da Guanabara!', pensou. A barca atracou no cais.

sipped her beer and took a deep breath. Almost a sigh. To the right, the University of Niteroi, impressive, waiting for her on Monday. Routine would return. Work, study. She would finish her thesis on Angolan Literature and Negritude before the end of the year. She thought: 'What a weekend!' She tried to take another sip of beer. She couldn't. The smile of an accomplice, enigmatic, were forming in her lips. She paused to look at the seagull and its acrobatics. 'Tomorrow night I'm going to see Jorge and Nadir at the University'. She smiled. 'My professors!' she sighed. She thought of the lamp spreading light and shadows, in a dance where emotions and sensibility were at play. She also thought of her Guardian, the painting in the cloth. 'Thank God she is the Guardian!'

She threw the still full beer can in the ocean. 'There is one more secret floating in Guanabara Bay', she thought. The ferry docked.

(translated by Maria Helena Lima with Kevin Meehan)

# Duzu-Querença

## Conceição Evaristo

Duzu lambeu os dedos gordurosos de comida, aproveitando os últimos bagos de arroz que tinham ficado presos debaixo de suas unhas sujas. Um homem passou e olhou para a mendiga, com uma expressão de asco. Ela devolveu um olhar de zombaria. O homem apressou o passo, temendo que ela se levantasse e viesse lhe atrapalhar o caminho.

Duzu olhou fundo no fundo da lata, encontrando apenas o espaço vazio. Insistiu ainda. Diversas vezes levou a mão lá dentro e retornou com um imaginário alimento que jogava prazeirosamente à boca. Quando se fartou deste sonho, arrotou satisfeita, abandonando a lata na escadaria da igreja e caminhou até mais adiante, distanciando-se dos outros mendigos. Agachou-se quieta. Ficou por algum tempo olhando o mundo. Sentiu um início de cãibra na pernas, ergueu-se pela metade, acocorando-se de novo. Estava mesmo ficando velha, pensou. Levantou devagar. Olhou para trás, viu os companheiros seus estirados, depois do almoço, contemplando o meio-dia. Ensaiou e mudou os passos, cambaleante e insegura feito criança que começa a andar. Sorriu da lerdeza e da cãibra que insistiam. É, a perna estava querendo falhar. Ela é que não ia ficar ali assentada. Se as pernas não andam, é preciso ter asas para voar.

CONCEIÇÃO EVARISTO

Maria da Conceição Evaristo was born in 1946 in Belo Horizonte in the state of Minas Gerais. She is a teacher. She contributed five poems to Cadernos Negros 14. Her work deals with the social factors influencing the family, including the power that women exert in their role as mothers and the consequences of society's failure to provide adequately for its youth.

# Duzu-Querença

## Conceição Evaristo

Duzu licked her oily fingers, enjoying the remnants of a meal, the last lumps of rice that had been stuck under her dirty nails. A man passed her by, and looked at the beggar with an air of revulsion. She gave him a mocking look in return. The man hurried his steps, fearing she could get up and stand in his way.

Duzu gazed deeply into the bottom of the can, finding only the empty space. Still she tried. Many times she placed her hand in the can and brought it back with some imaginary food that she would throw in her mouth with pleasure. When she got tired of this dream, she burped satisfied, and abandoned the can on the church steps. She walked further away, detaching herself from the other beggars. She squatted quietly and remained there for a while looking at the world. Feeling the beginning of a cramp in her legs, she got up half way and then squatted again. I'm really getting old, she thought, getting up slowly. She looked back and saw her friends stretched out on the steps after lunch, contemplating noon. She tried a few steps, staggering and insecure like a child starting to walk. She smiled at her sluggishness and persisting cramps. It's true, she thought, her legs were failing her. She was not one to remain sitting in one place. If legs don't walk, then you have to have wings to fly.

Quando Duzu chegou pela primeira vez na cidade, ela era bem pequena. Viera, numa viagem de trem dias e dias. Atravessara terras e rios. As pontes pareciam frágeis. Ela ficava o tempo todo esperando o trem cair. A mãe já estava cansada. Queria descer no meio do caminho. O pai queria caminhar para o amanhã.

O pai de Duzu tinha nos atos a marca da esperança. De pescador que era, sonhava um ofício novo. Era preciso aprender outros meios de trabalhar. Era preciso também dar outra vida para a filha. Na cidade havia senhoras que empregavam meninas. Ela podia trabalhar e estudar. Duzu era caprichosa e tinha cabeça para leitura. Um dia sua filha seria pessoa de muito saber. E a menina tinha sorte. Já vinha no rumo certo. Uma senhora que havia arrumada trabalho para a filha de Zé Nogueira ia encontrar com eles na capital.

Duzu ficou com aquela senhora durante muitos anos. Era uma casa grande de muitos quarto. Nos quartos moravam mulheres que Duzu achava bonitas. Gostava de ficar olhando para os rostos delas. Elas passavam muitos coisas no rosto e na boca. Ficavam mais bonitas ainda. Duzu trabalhava muito. Ajudava na lavagem e na passagem da roupa. Era ela quem fazia a limpeza dos quartos. A senhora tinha explicado a Duzu que batesse nas portas sempre. Batesse forte e esperasse o pode entrar. Um dia Duzu esqueceu e foi entrando. A moça do quarto estava dormindo. Em cima dela dormia um homem. Duzu ficou confusa. Por que aquele homem dormia em cima da moça? Saiu devagar, mas antes ficou olhando um pouco os dois. Estava engraçado. Estava bonito. Estava bom de olhar. Então resolveu que nem sempre ia bater nas portas dos quartos. Nem sempre ia esperar o pode entrar. Algumas vezes ia entrar-entrando. E foi no entrar-entrando que Duzu viu várias vezes homens dormindo em cima das mulheres. Homens acordados em cima das mulheres. Homens mexendo em cima das mulheres. Homens trocando de lugar com as mulheres. Gostava de ver aquilo tudo. Em alguns quartos a menina era repreendida. Em outros era bem aceita. Houve até aquele quarto em que o homem lhe fez um carinho no rosto e foi abaixando a mão lentamente... A moça mandou que ele parasse. Não estava vendo que ela era uma menina? O homem parou. Levantou

When Duzu first arrived into town, she was very little. She had come by train, in a trip that took many days. She had crossed lands and rivers, going over bridges that seemed fragile. She was afraid the whole time that the train was going to fall. Her mother was already tired. She wanted to get off half way there. Her father wanted to keep going towards the future.

Duzu's father's actions were marked by hope. From the fisherman he was, he dreamed of a new job. It was necessary to learn other skills to find work. It was necessary to give his daughter another life. In town there were ladies who hired girls. She would be able to work and study. Duzu was neat and had brains for reading. One day his daughter would be a very learned person. And the girl was lucky. She was already on the right track. A lady who had found work for Zé Nogueira's daughter was going to meet them at the capital.

Duzu stayed with that lady for many years. It was a big house with many rooms. In the rooms lived women Duzu found pretty. She liked to look at their faces. For they put on many things on their faces and mouths to become even prettier. Duzu worked very hard. She helped with the washing and ironing the clothes. She was the one responsible for cleaning the rooms. The lady had explained to Duzu that she should always knock on the door. That she should knock vigorously and wait for the word to come in. Once day Duzu forgot and started to go in. The young woman in the room was sleeping. On top of her a man also slept. Duzu was confused: why was that man sleeping on top of the girl? She left slowly, but not before looking at them for a while. It was funny. It was beautiful. It was good to look at. Then she decided that she was not always going to knock at the doors of the rooms. Not always was she going to wait for permission to come in. Sometimes she would just knock and come right in. And it was through this way — with only a knock — that Duzu saw men sleeping on top of women many times. Men awake on top of women. Men moving on top of women. Men exchanging places with the women. She liked to see all that. In some rooms the girl was scolded. In others, she was well received. There was even that room where the man caressed her face and lowered his hand slowly... The woman told him to

embrulhado no lençol. Duzu viu então que a moça estava nua. O homem pegou a carteira de dinheiro e deu uma nota para Duzu. Ela olhou timidamente para o homem. Voltou ali no outro dia no entrar-entrando. Não era o mesmo. Saiu desapontada e triste. Passados alguns dias voltou a entrar de sopetão. Era ele. Era o homem que lhe havia feito um carinho e lhe dado um dinheiro. Era ele que estava lá. Estavam os dois nuinhos. Ele em cima, parecendo dentro da mulher. Duzu ficou olhando tudo. Teve um momento em que o homem chamou por ela. Vagarosamente ela foi se aproximando. Ele em cima da mulher com uma das mãos fazia carinho no rosto e nos seios da menina. Duzu tinha gosto e medo. Era estranho, mas era bom. Ganhou muito dinheiro depois.

Duzu voltava sempre. Vinha num entrar-entrando cheio de medo, desejo e desespero. Um dia o homem estava deitado nu e sozinho. Pegou a menina e jogou na cama. Duzu não sabia ainda o ritmo do corpo, mas rápido e instintivamente aprendeu a dançar. Ganhava mais e mais dinheiro. Voltava e a moça do quarto nunca estava.

Um dia quem abriu a porta de sopetão foi D. Esmeraldina. Estava brava. Se a menina quisesse deitar com homem podia. Só uma coisa ela não ia permitir: mulher deitando com homem, debaixo do seu teto, usando quarto e cama, e ganhando o dinheiro sozinha. Se a menina era esperta, ela era ainda mais. Queria todo o dinheiro e já! Duzu naquele momento entendeu o porquê do homem lhe dar dinheiro. Entendeu o porquê de tantas mulheres e de tantos quartos ali. Entendeu o porquê de nunca mais ter conseguido ver a sua mãe e o seu pai, e de nunca D. Esmeraldina ter cumprido a promessa de deixá-la estudar. E entendeu também qual seria a sua vida. É, ia ficar. Ia entrar-entrando sem saber quando e porque parar.

D. Esmeraldina arrumou um quarto para Duzu, que passou a receber homens também. Criou fregueses e fama.

stop. Couldn't he see she was a girl?

The man stopped. He got up with the sheets wrapped around him. Duzu saw then that the woman was naked. The man got his wallet and gave Duzu a bill. She looked shyly at the man. She came back the next day without knocking. It was not the same man. She left disappointed and sad. After a few days she entered the room suddenly again. It was he. It was the man who had caressed her and given her some money. It was he who was there. They were both naked. He was on top, looking as if he was inside the woman. Duzu kept looking at everything. When the man called her, she approached them slowly. He was on top of the woman and with one of his hands he caressed the face and the breasts of the girl. Duzu felt pleasure and fear. It was strange but good. She got a lot of money afterwards.

Duzu always came back. She came unannounced, full of fear, desire and despair. One day the man was naked and alone in bed. He grabbed the girl and threw her on the bed. Duzu did not know the rhythm of her body yet, but she learned to dance instinctively and fast. She earned more and more money. She came back and the woman of the room was never there.

One day it was Mrs. Esmeraldina who abruptly opened the door. She was mad. If the girl wanted to lie with man she could. There was only one thing she was not going to allow: a woman lying with a man under her roof, using her room and bed and earning money alone! If the girl were smart, she was even smarter. She wanted all the money and now! That moment Duzu understood the reason why the man gave her money. She understood why so many women and so many rooms there. She understood why she could not see her father and mother anymore, and why Mrs. Esmeraldina had not fulfilled her promise to let her go to school. And she also realized what her life would be. There she would stay. She would enter that life without knowing when and why to stop.

Mrs. Esmeraldina got a room ready for Duzu, who started to receive men too. She made customers and a reputation.

Duzu morou ali muitos anos e de lá partiu para outras zonas. Acostumou-se aos gritos das mulheres apanhando dos homens acostumados ao sangue das mulheres assassinadas. Acostumou-se às pancadas dos cafetões, aos mandos e desmandos das cafetinas. Habituou-se à morte como uma forma de vida.

Os filhos de Duzu foram muitos. Nove. Estavam espalhados pelos morros, pelas zonas e pela cidade. Todos os filhos tiveram filhos. Nunca menos de dois. Dentre os seus netos três marcavam assento maior em seu coração. Três netos lhe abrandavam os dias. Angélico, que chorava porque não gostava de ser homem. Queria ser guarda penitenciário para poder dar fuga ao pai. Tático, que não queria ser nada. E a menina Querença que retomava sonhos e desejos de tantos outros que já tinham ido...

Duzu entrou em desespero no dia em que soube da morte de Tático. Ele havia sido apanhado de surpresa por um grupo inimigo. Era tão novo! Treze anos. Tinha ainda voz e jeito de menino. Quando ele vinha estar com ela, passava às vezes a noite ali. Disfarçava. Pedia a benção. Ela sabia porém que ele possuía uma arma e que a cor vermelho-sangue já se derramava em sua vida.

Com a morte de Tático, Duzu ganhou nova dor para guardar no peito. Ficava ali, amuada, diante da porta da igreja. Olhava os santos lá dentro, os homens cá fora, sem obter consolo algum. Era preciso descobrir uma forma de ludibriar a dor. Pensando nisto, resolveu voltar ao morro. Lá onde durante anos e anos, depois que ela havia deixado a zona, fora morar com os filhos. Foi retornando ali que Duzu deu de brincar de faz-de-conta. Foi aprofundando nas raias do delírio que ela se agarrou para viver o tempo de seus últimos dias.

Duzu olhou em volta, viu algumas roupas no varal. Levantou com dificuldades e foi até lá. Com dificuldade maior ainda, ficou nas pontinhas dos pés abrindo os braços. As roupas balançavam ao sabor do vento. Ela ali no meio, se sentia como um pássaro que ia por cima de tudo e de todos. Sobrevoava o morro, o mar, a cidade. As pernas doíam, mas possuía asas para voar. Duzu voava no alto do morro. Voava quando perambulava pela cidade. Voava quando estava ali sentada à porta da

Duzu lived there for many years and from there she moved to other areas. She became used to women screaming as they were beaten by men used to the blood of murdered women. She got used to the slaps and punches of male pimps and to the commands and changes of mind of female pimps. She got used to death as a form of life.

Duzu had many children. Nine. They were scattered all over the morros and zones of the city. All her children had children. Never fewer than two. Among her grandchildren there were three who held a special spot in her heart. Three grandchildren who made her days nicer. Angélico, who cried because he did not like to be a man. He wanted to be a prison guard to let his father escape. Tático, who did not want to be anything. And the girl, Querença, who replaced the dreams and desires of so many others who had already left...

Duzu despaired the day she learned that Tático had died. He had been surprised by an enemy gang. He was so young! Thirteen years old. He still had the air and the voice of a boy. When he came for a visit, he would sometimes spend the night there. He would lie. He asked her to bless him. She knew, however, that he owned a gun and that he had already spilled a bloody-red color on his life.

With Tático's death, Duzu took on a new pain to keep in her chest. She stayed there, surly, in front of the church's door. She looked at the saints inside, the people outside, but took no consolation from anything. She had to find a way to trick the pain. Thinking this, she decided to return to the morro. She went to live there with her children, abandoning prostitution, and stayed for many years. It was returning there that made Duzu start to play make believe. Resorting to fantasy was the way she found to make it through her final days.

Duzu looked around, and saw some clothes on the line. She got up with difficulty and went there. With even more difficulty, she stood up on her toes, opening her arms. The clothes were swinging in the wind. In the middle of it all, she felt like a bird, flying over everybody and everything. She was flying over the hills, the sea, the city. Her legs hurt but she had wings to fly. Duzu flew over to the top of the hill. She flew while wandering through the city. She flew when she was sitting at the

igreja. Duzu estava feliz. Havia se agarrado aos delírios, entorpecendo a dor. E foi se misturando às roupas do varal que ela ganhara asas e assim viajava, voava, distanciando-se o mais possível do real.

Estava chegando uma época em que o sofrer era proibido. Mesmo com toda dignidade ultrajada, mesmo que matassem os seus, mesmo com a fome cantando no estômago de todos, com o frio rachando a pele de muitos, com a doença comendo o corpo, maior que fosse a dor, era proibido o sofrer.

Ela gostava deste tempo. Se alegrava tanto! Era o carnaval. E já havia até imaginado a roupa para o desfile da escola. Ela viria na ala das baianas. Estava fazendo uma fantasia linda. Catava papéis brilhantes e costurava pacientemente em seu vestido esmolambado. Um companheiro mendigo havia-lhe dito que sua roupa, assim tão enfeitada de papéis recortados em forma e estrelas, mais parecia roupa de fada do que de baiana. Duzu reagiu, Quem disse que estrela era só para as fadas? Estrela era para ela, Duzu. Estrela era para Tácito, para Angélico. Estrela era para a menina Querença, moradia nova, bendito ayê, onde ancestrais e vitais sonhos haveriam de florescer e acontecer.

Duzu continuava enfeitando a vida e o vestido. O dia do desfile chegou. Era preciso inaugurar a folia. Duzu despertou cedo. Foi e voltou. Levantou vôo e aterrizou. E foi escorregando brandamente em seus famintos sonhos que Duzu visualizou seguros plantios e fartas colheitas. Estrelas próximas e distantes existiam e insistiam. Rostos dos presentes se aproximavam. Faces dos ausentes retornavam. Vó Alafaia, Vô Kiliã, Tia Bambene, seu pai, sua mãe, seus filhos e netos. Menina Querença adiantava-se mais e mais. Sua imagem crescia, crescia. Duzu deslizava em visões e sonhos por um misterioso e eterno caminho...

Menina Querença, quando soube da passagem da Avó Duzu, tinha acabado de chegar da escola. Subitamente se sentiu assistida e visitada por parentes que ela nem conhecera e de quem só ouvira contar as histórias. Buscou na memória os nomes de alguns. Alafaia, Kiliã, Bambene... Escutou os assobios do primo Tático lá fora chamando por ela. Sorriu pesarosa, havia uns três meses que ele também tinha ido... Desceu o morro recordando a história de sua família, de seu povo. Avó

church door. Duzu was happy. She had held onto her fantasies, numbing her pain. And she got herself mixed up in the clothes on the line that gave her wings, and this way she traveled, flew, putting the most distance between herself and reality.

She was getting to a stage when suffering was forbidden. Even if her dignity were attacked, even if they killed her family, even if hunger were singing in everybody's stomach, with the cold breaking everyone's skin, with disease eating her body, with her despair at facing that living death — the bigger the pain, the more suffering was not allowed.

Duzu liked this stage in her life. She became so happy! It was carnival, and she had already imagined her costume for playing mas. She would go as a *baiana*.[9] She was making a beautiful costume. She was picking up shiny pieces of paper and sewing patiently in her beggary dress. A fellow beggar had said that her clothes, trimmed as they were with paper shaped like stars, looked more like fairy clothes than those of the *baiana*. Duzu reacted to that. Who said that stars were only for fairies? Stars were for her, Duzu. Stars were for Tático, for Angélico. Stars were for the girl Querença, in her new house, thanks be to the *orisha*,[10] where ancestors and vital dreams would flourish and take shape.

Duzu kept on trimming her life and costume. The day of the parade arrived. It was necessary to start the revelry. Duzu woke up early. She came and went. She took flight and she landed. And it was slowly sliding into her hungry dreams that Duzu visualized safe plantings and abundant harvests. Stars near and far existed and insisted. The faces of those living approached her. The faces of those absent returned. Grandma Alafaia, Granpa Kiliã, Aunt Bambene, her father, her mother, her sons and grandsons. The girl Querença advanced more and more. Her image grew and grew. Duzu slid into visions and dreams through a mysterious and eternal way...

When the girl Querença learned of the death of Grandma Duzu, she had just arrived from school. She suddenly felt aided and visited by relatives whom she had never known and about whom she had only heard stories. She searched in her memory for the names of some. Alafaia, Kiliã, Bambene... She heard the whistles of Cousin Tático

Duzu havia ensinado para ela a brincadeira das asas, do vôo. E agora estava ali deitada nas escadarias da Igreja.

E foi no delírio da avó, na forma alucinada de seus últimos dias, que ela, Querença, haveria de sempre umedecer seus sonhos para que eles florescessem e se cumprissem vivos e reais. Era preciso reinventar a vida. Encontrar novos caminhos. Não sabia ainda como. Estava estudando, ensinava as crianças menores da favela, participava do grupo de jovens da Associação de Moradores e do Grêmio da Escola. Intuía que tudo era muito pouco. A luta devia ser maior ainda. Menina Querença tinha treze anos como seu primo Tácito que havia ido por aqueles dias.

Querença olhou novamente o corpo magro e a fantasia da avó. Desviou o olhar e entre lágrimas contemplou a rua. O sol passado de meio-dia estava colado no alto do céu. Raios de luz agrediam o asfalto. Mistérios coloridos, cacos de vidro — lixo talvez — brilhavam no chão.

outside calling for her. She smiled sorrowfully. It had been three months since he himself had gone… She went down the *morro* remembering the history of her family and of her people. Grandma Duzu had taught her the game with the wings, the flight. And she was now spread out on the church steps.

And it was in her grandma's fantasy, in the hallucinating shape of her last days, that she, Querença, would always water her own dreams in order for them to flower and become alive and real. It was necessary to reinvent life. To find new ways. She still did not know how. She was studying and she was teaching the little children of the slums. She participated in the youth group of the Association of Residents and of the School Board. She still felt it was too little. The struggle should be much bigger. The girl Querença was thirteen years old like her cousin Tático who had left in those days.

Querença looked again at the thin body and the costume of her grandmother. She turned her gaze and in tears contemplated the street. The midday sun was glued to the top of the sky. Rays of light attacked the asphalt. Colorful mysteries, broken glass — garbage perhaps — glowed on the ground.

(translated by Maria Helena Lima with Kevin Meehan)

Notes

9   Literally, a woman born in the state of Bahia. A typical figure also on the streets of Rio de Janeiro and São Paulo, selling traditional Afro-Brazilian dishes such as *acarajé*, and dressed in white—a long voluminous skirt, short-sleeved blouse, and a white turban.

10  Gods of the Afro-Brazilian pantheon that came with the slaves and are followed in the religions of *Candomblé* and *Umbanda*.

# Works Cited

Alves, Miriam, ed. *Finally US: Contemporary Black Brazilian Women Writers*. (Carolyn Richardson Durham, trans.) Colorado Springs, Co: Three Continents Press, 1995.

The Authors, ed. *Cadernos Negros 1: Poesia*. São Paulo, 1978.

Duarte, Constância Lima. 'O Cânone e a Autoria Feminina', in Rita T. Schmidt, ed. *(Trans) Formando Identidades*. Porto Alegre: Editora Palloti, 1997. 53-60.

Martins, Leda Maria, 'Gestures of Memory: Transplanting Black African Networks'. in Bernard McGuirk and Solange Ribeiro de Oliveira, eds. *Brazil and the Discovery of America — Narrative, History, Fiction* (1492-1992). Lewiston, N.Y.: The Edwin Mellen Press, 1996. 103-112.

Bernard McGuirk and Solange Ribeiro de Oliveira, eds. *Brazil and the Discovery of America — Narrative, History, Fiction* (1492-1992). Lewiston, N.Y.: The Edwin Mellen Press, 1996.

Muzart, Zahidé Lupinacci, 'A Questão do Cânone', in Rita T. Schmidt, ed. *(Trans) Formando Identidades*. Porto Alegre: Editora Palloti, 1997. 79-89.

Nascimento, Abdias do (Elisa Larkin Nascimento, trans.) *Orishas: The Living Gods of Africa in Brazil*. Rio de Janeiro: IPEAFRO/Afrodiaspora, 1995.

Navarro, Márcia Hoppe, *Rompendo o Silêncio: Gênero e literatura na América Latina*. Porto Alegre, RGS: Editora da Universidade/ UFRGS, 1995.

Padilha, Laura Cavalcante, 'Old Words and Ages: Voices of Africa'. In Bernard McGuirk and Solange Ribeiro de Oliveira, eds. *Brazil and the Discovery of America — Narrative, History, Fiction* (1492-1992). Lewiston, N.Y.: The Edwin Mellen Press, 1996. 92-102.

Padilha, Laura Cavalcante, 'A Diferença Interroga o Cânone'. in Schmidt, ed. 61-69.

Rowell, Charles. H., ed. *Callaloo* 18.4 (1995).

Schmidt, Rita T., ed. *(Trans) Formando Identidades*. Porto Alegre: Editora Palloti, 1997.

Stam, Robert, *Tropical Multiculturalism: A Comparative History of Race in Brazilian Cinema and Culture*. Durham and London: Duke UP, 1997.

Quilombhoje, ed. *Cadernos Negros 20: Contos Afro-Brasileiros*. São Paulo: Editora Anita & Editora Convivência, 1997.